LA MISSION

DE LA

PUCELLE D'ORLÉANS

CHRONIQUE MISE EN VERS

Par TOUTAIN-MAZEVILLE

HAVRE

IMPRIMERIE COSTEY FRÈRES

RUE DE L'HOPITAL, 4 & 6.

M DCCC LXV.

LA MISSION

DE LA

PUCELLE D'ORLÉANS

LA MISSION

DE LA

PUCELLE D'ORLÉANS

CHRONIQUE MISE EN VERS

Par TOUTAIN-MAZEVILLE

HAVRE

IMPRIMERIE COSTEY FRÈRES

RUE DE L'HOPITAL, 4 & 6.

M DCCC LXV.

1865

UN MOT AU LECTEUR.

La vie de la Pucelle se divise naturellement en deux parts : la mission et le sacrifice. C'est la première moitié de cette sublime histoire, que l'Auteur publie aujourd'hui, à titre d'essai, mais sans discontinuer l'œuvre difficile qu'il a entreprise.

Cette chronique, malgré sa forme versifiée, n'a aucunes prétentions épiques. C'est l'histoire telle que l'ont écrite MM. de Barante, Wallon, Henri Martin, Lebrun des Charmettes, Quicherat, Michelet, Alexandre Dumas et autres. C'est cette histoire, merveilleuse comme une légende, simple comme tout ce qui est vraiment grand, c'est la chronique de la Pucelle, mise en scène, mise en action, ou concentrée dans une narration rapide. Ici peu ou point de figures de rhétorique : le mot propre, usuel ; le récit qui court au fait ;

à peine quelques esquisses nécessaires à l'intelligence des événements. Ce procédé rompt peut-être trop témérairement en visière avec les traditions du genre. Mais quelle parure ne gâterait cette noble et naïve figure de la Pucelle ?

Soit ! dira-t-on à l'Auteur ; alors, pourquoi ne pas écrire en prose ? Pourquoi renouveler une tentative où tant d'autres ont échoué ?

Il sait bien, cet Auteur, que la poésie n'est guère en faveur dans ce siècle si grand par les sciences ; mais il sait aussi, par expérience, que le moule du vers, en condensant la pensée, lui donne plus de relief et de vigueur.

En résumé, pourquoi ne lirait-on pas son petit livre, s'il est aussi fidèle de trait et de couleur, aussi vif, aussi coulant de style que la prose la plus facile ? Le public décidera la question en dernier ressort. Quel que soit son arrêt, l'auteur se tient d'avance pour bien jugé.

Gonfreville-l'Orcher, 15 Mars 1865.

LA MISSION

DE LA

PUCELLE D'ORLÉANS

————•◦❀◦•————

PROLOGUE

————•◦•————

Nos pères ont dit vrai : Dieu protège la France !
Le présent au passé dans ce vœu doit s'unir ;
Et que ce cri de foi, que ce cri d'espérance,
Répété par nos fils, console l'avenir !

Vous dont le cœur s'émeut d'amour pour la Patrie ;
Vous qui la contemplez avec idolâtrie
Grande, assise à l'abri de lauriers triomphants ;
Ou, non moins grande alors, mais saignante et meurtrie,
Debout, à son secours appelant ses enfants,
Venez : nous allons suivre un saint pèlerinage
Dans ce temps où, pareil à l'arche qui surnage,
L'honneur seul resta sauf, après tant de revers.
Suivez-moi tous : il faut qu'un chant expiatoire
S'élève parmi nous, et venge avec l'histoire
Celle qu'un grand poëte outragea dans ses vers.

D'autres, et des meilleurs, l'ont maintes fois tentée
Cette œuvre généreuse : aigles audacieux,
Dans leur essor épique ils ont touché les cieux.
Moi, j'emprunte la force où la puisait Antée,
Et sans prétendre aux sons d'une lyre vantée,
Je suivrai la légende en son cours gracieux.

O toi qui t'élançais aux rives de la Loire
Inspirée, et guidant par un chemin de gloire

Aux combats nos guerriers, à Reims le Roi-Dauphin ;
Toi dont toute la vie en deux mots résumée :
Héroïsme au début et martyre à la fin,
Pour refleurir au ciel, amour du séraphin,
A passé si brillante et si tôt consumée ;
Jeanne, je veux te suivre, à tes pas m'attacher
Depuis ton seuil natal jusqu'au mortel bûcher.
Hélas ! plus d'une fois, retournés en arrière
Pour ne pas voir le terme où tu devais mourir,
Nous dirons, mesurant la trop courte carrière :
    Quoi ! si peu de chemin nous reste à parcourir !
» Elle part, elle arrive ; à peine elle est partie.
» Quoi ! tant de piété, d'honneur, de modestie ;
» Ce sein de vierge où bat le grand cœur d'un héros ;
» Et si jeune, et si belle, en proie à des bourreaux,
» D'un sanglant sacrifice humble et sublime hostie....! »

Mais pardonne à nos cœurs de ta mémoire épris,
Et par de tels regrets indignement surpris,
Noble Jeanne ! oui, ton sang a racheté la France :
Oui, tu voudrais encore endurer la souffrance,
La prison, le bûcher et la mort à ce prix.

Je vais donc te chanter, glorieuse victime :
Poëte encore obscur et venu le dernier,
De mon faible tribut je t'offre le denier ;
Mais l'obole indigente autant que l'or s'estime ;
Et le Dieu des élus, Dieu qui t'ouvrit son sein,
Peut soutenir mes pas et bénir mon dessein.
Ton nom vaincra le temps et l'envie à l'œil sombre :
Patrimoine éclatant des pères et des fils,
Tes exploits sont à nous ; je compterai leur nombre,
Et je dirai comment tu fleurissais dans l'ombre,
Rose mystérieuse, espérance des Lis.

Puisse avec ma prière agréer mes hommages
Celle qu'ont saluée anges, bergers et mages,
Alors que, vierge-mère allaitant le Sauveur,
Son front resplendissait sous sa double couronne.
Qu'elle daigne aujourd'hui notre sainte Patronne
De mon zèle pieux inspirer la ferveur !

Protégez le toujours, protégez, ô Marie,
Ce beau pays de France ; intercédez pour lui.
Les hommes ont passé ; la fortune varie ;

Qu'importe? heur ou malheur, toujours sur ma patrie,

Etoile du matin, votre regard a lui.

Deux fois par vous guidée une simple bergère,

Opposant une digue au flot envahisseur,

Brisa dans son orgueil la puissance étrangère :

Géneviève, Jeanne : héroïsme et douceur !

Deux gloires dont l'aînée attendait une sœur !

I.

DOMREMY.

————•◦◦◦•————

Les temps étaient venus, prédits dans les veillées,
Où, champion du droit, Dieu même allait agir :
Les populations, d'avance émerveillées,
Cherchaient à l'horizon l'astre prêt à surgir.
Ailleurs, dans les châteaux et sous les toits de chaume,
On répétait ces mots de l'enchanteur Merlin :
« Qu'est-il besoin d'écu, de cuirasse et de heaume
" Où suffira houlette et quenouille de lin ?
" Une mère adultère a perdu le royaume ;

» Une vierge rendra le trône à l'orphelin.

» Or, greffé sur bois d'arc, fleurira pour la terre

» Ce beau Lis virginal, vainqueur du Sagittaire. »

En attendant l'État courait vers son déclin.

Qu'est devenu, grand Dieu ! ce florissant empire ?

Voyez : tout à l'envi tombe de mal en pire ;

Tout se rompt, tout s'oublie : honneur, sang, amitié.

Partout le fer, le feu, la peste, la famine ;

Ici le Bourguignon, plus loin l'Anglais domine ;

Et du vieux sol français à peine la moitié

Nous reste, triste objet de honte et de pitié !

Un Roi, mais sans royaume ; un Dauphin, sans couronne ;

Hors ses derniers soutiens : Dieu, son droit, sa valeur,

Et quelque peu d'amis, courtisans du malheur

Dont la fidélité le suit et l'environne,

Tout est perdu pour lui : la mort ou la prison

Ferment de tous côtés son étroit horizon.

Avec son trésor vide errant de ville en ville,

Poursuivi par la guerre étrangère et civile,

Où cacher sa faiblesse ? où fuir la trahison ?

Seul débris de sa race antique et souveraine,
D'un talon désarmé pressant un palefroi,
Il chevauche au hasard par toute la Touraine ;
Et dans ces champs déserts, mornes, muets d'effroi,
Un lugubre signal tinte à chaque beffroi.
Ni passage en avant, ni retraite en arrière :
Orléans assiégé déjà crie au secours ;
Et déjà presque anglaise, impuissante barrière,
La Loire à ses vainqueurs oppose en vain son cours.
Mais, débonnaire aux siens, cher à son entourage,
Aimé du petit peuple, et facile au pardon,
Charles des grands vassaux excuse l'abandon :
Son ferme espoir en Dieu retrempe son courage ;
Il attend : et bientôt, justifiant sa foi,
Dieu va sauver d'un coup la Patrie et le Roi.

En ce temps, aux confins d'une marche lointaine,
Longuement disputée et d'assiette incertaine,
Dans un humble village appelé Domremy,
A demi champenois et lorrain à demi,
Jeanne, toute aux travaux des champs et du ménage,
Grandissait sous le toit de pauvres paysans.

Pieuse, édifiante à tout le voisinage,

On voyait sa beauté fleurir avec son âge ;

On voyait ses vertus éclore avec ses ans.

Or, il advint qu'un jour, jour de jeûne et vigile,

Pour mieux se recueillir, seule, au tomber du soir,

Pendant que sous ses doigts son fuseau tourne agile,

Jeanne, dans le verger, pensive, alla s'asseoir.

A cette heure paisible où l'âme à Dieu s'élève,

Comme un oiseau craintif, de rameaux en rameaux,

Ou comme ces parfums qu'aux fleurs la brise enlève,

Elle écoute sonner la cloche des hameaux.

De cette place, au flanc des collines prochaines

Elle aime à voir noircir l'antique bois des chênes,

Au dire des anciens, hanté par les esprits ;

Elle entend murmurer la fontaine des fées

Où des rires moqueurs, des plaintes étouffées

Accueillent maintes fois le voyageur surpris.

Puis, elle toute aimante et si bonne Française,

Elle pense, attendrie, aux malheurs du pays :

« Pendant que je suis là, tranquille, assise à l'aise,

« La France saigne au cœur ; dans ses champs envahis,

« Armagnacs, Bourguignons, tous, traîtres ou trahis,

» Vont subir même joug sous même épée anglaise.

» C'est pitié, Dieu puissant! oui, c'est grande pitié

» Que, jouet du mépris et de l'inimitié,

» Honteusement déchu, ce beau royaume meure !

» Mes yeux, mes tristes yeux verraient sa dernière heure..!

» Ou bien serait-il vrai que le Seigneur voulût

» Armer ce faible bras d'une invincible épée ?

» Mes visions, mes voix ne m'auraient point trompée,

» Et la France aux abois me devrait son salut?

» Ah ! s'il ne faut, mon Dieu, s'il ne faut que ma vie

» Pour rançon du royaume et prix de son honneur,

» Votre volonté tarde au gré de mon envie :

» Prenez donc ma jeunesse et ma part de bonheur. »

Elle a dit... du couchant la mourante lumière,

Par un dernier rayon, couronnait le noyer

Protecteur du jardin, voisin de la chaumière

Où le repas du soir attend près du foyer.

Alors, et comme avant la tempête éclatante,

il se fit je ne sais quel silence d'attente,

Vaste, plein, solennel... Le cœur tout en émoi,

Jeanne rougit, se lève et, posant sa quenouille,

Mains jointes, yeux baissés, humblement s'agenouille

En murmurant ces mots : « Que voulez-vous de moi,
« Seigneur Dieu ? »

    Tout à coup, miraculeux présage,
L'aile d'un pur Esprit effleura son visage :
L'église dont les murs paraissent se pencher
Sur le rustique enclos, sur le toit de charmille
Où Jeanne pour la France oubliait sa famille,
L'église a tressailli du portail au clocher :
Les vitraux ont tremblé ; sous les voûtes profondes
Un bruit mystérieux roule en sonores ondes.
Puis, par degrés, sur l'ombre épandue à l'entour,
Comme au trône des cieux l'aurore assise en reine,
Descend et se repose une clarté sereine,
D'un nimbe lumineux détachant le contour :
Là, de couronnes d'or leurs chevelures ceintes,
Blanches, palmes en main, des figures de saintes
Apparaissent.

    A l'heure où gémit le ramier,
Où la source cachée exhale ses murmures ;
Plus sonores, plus frais sous l'abri des ramures ;
Quand la brise des nuits balance le palmier ;

Quand des parfums de fleurs, de miel, de dattes mûres,
Trahissent les secrets de la vierge oasis,
Cybèle des déserts, mystérieuse Isis ;
Jamais en Orient, ce pays des merveilles,
L'Arabe voyageur n'entendit dans ses veilles
Rien de mélodieux, de pur et d'émouvant,
Comme ces chants du ciel, ces concerts de louanges,
Que Jeanne ouït alors : voix de saintes et d'anges
Dont le chœur célébrait le nom du Dieu vivant.

Dans sa pieuse extase immobile et ravie,
La pâle jeune fille écoutait ces accents
Si doux, quoique déjà lointains et faiblissants,
Qu'à les entendre encore elle eût passé sa vie.
Alors, nouveau prodige ! au centre du foyer,
Où tendent convergés les fronts ceints d'auréoles,
Une langue de feu descend, semble ondoyer,
Et du sein des clartés ont jailli ces paroles :

« Jeanne, du Tout-Puissant, voici le messager,
  « Et voici le message :

» Sans toi, nul bras humain ne pourrait protéger

  » Le royaume en danger :

  » Sois toujours bonne et sage,

» Et tu l'affranchiras du joug de l'étranger :

» Cours en aide au Dauphin ; combats pour le venger ;

» Va ! Dieu par Vaucouleurs t'ouvrira le passage. »

Et la tonnante voix du ministre de Dieu
S'éteint aux derniers mots, tendre comme un adieu.

D'abord la pauvre enfant interdite, éblouie,
N'avait de tous ses sens conservé que l'ouïe :
Cette pitié de l'ange a raffermi son cœur :
De ses yeux, moins tremblante, elle reprend l'usage ;
Elle ose... alors l'Esprit détournait son visage ;
Mais le hideux Dragon foulé d'un pied vainqueur,
Vomissant sa menace étouffée en murmure ;
Le glaive flamboyant, la radieuse armure ;
L'or flottant des cheveux, et sur leurs longs anneaux,
Ce casque respecté par les feux infernaux,
Dont l'éclat triomphant toujours renaît et change ;
Le port fier, noble, ailé, tout révèle l'Archange.

« Que ne m'emportez-vous de ce monde où je vis,

» Ainsi qu'une exilée, au milieu des alarmes ? »

— Et la voix lui manquant, Jeanne fondit en larmes. —

» Que ne m'emportez-vous vers les sacrés parvis

» Dont la cité des cieux enveloppe ses charmes ?

» Pourquoi si tôt partir ? ah ! revenez au moins,

» Messire Saint-Michel, et vous, sœurs bienheureuses ;

» Et ne me laissez pas, sans guides, sans témoins,

» Seule ici bas, tenter ces routes ténébreuses.

» Béni soit le Seigneur qui daigne me choisir

» Pour porter en son nom au royaume de France,

» A son gentil Dauphin, secours et délivrance !

» Dieu comble mon espoir et mon plus cher désir ;

» Mais comment faire ? hélas ! comment gagner la plaine ?

» Au milieu des soldats dont la contrée est pleine,

» Dans ces habits de fille, irai-je chevaucher ?

» Pauvrette qui ne sais que filer chanvre ou laine,

» Que dire au Roi de France, et comment l'approcher ?

» J'irai pourtant ; j'irai... glorieux ou funeste,

» Le sacrifice est fait ; je l'offre à mon pays :

» L'ambassadeur d'en haut a parlé ; j'obéis :

» Les autres feront plus... et Dieu fera le reste.

» Bien trop heureuse encore, après ma mission,

» D'avoir pu tout souffrir, et mort et passion,

» Pour voir, dans les splendeurs de l'horizon céleste,

» Blanchir et se lever la nouvelle Sion ! »

Et quand Jeanne rentra dans l'obscure chaumière
Où déjà, la nuit close, on hâtait son retour,
La mère, apercevant sa fille la première,
S'émerveilla de voir un sillon de lumière
Couronner ses cheveux et courir alentour.

II.

VAUCOULEURS.

» Eh bien ! que vous a dit le vaillant capitaine,

» Mon oncle ? » — « D'un air rude et d'une voix hautaine

» Sire de Baudricourt m'a répondu ceci :

» Oiseaux de tel plumage, et qui chantent ainsi,

» Sont légers de sagesse et têtes de linotte ;

» Brave homme, si le tien sifîle de tels couplets,

» Avant qu'il prenne vol, fais le changer de note

» Et rentrer dans sa cage avec force soufflets. » —

2

« Que ce chevalier parle aujourd'hui de la sorte, »
Reprend Jeanne un instant confuse, « peu m'importe :
» Ce n'est pas moi, c'est lui qui changera demain.
» Le Dieu qui tient les rois dans sa puissante main
» M'aplanira la voie, où j'entrerai plus forte
» Que tous les forts, armés de tout l'orgueil humain.
» Venez, mon oncle ; allons ! il faut partir sur l'heure :
» Entre deux volontés, deux ordres différents,
» Jeanne doit obéir, — et c'est pourquoi je pleure, —
» Au Seigneur Dieu du ciel plutôt qu'à ses parents.
» A l'insu de mon père, et malgré sa défense ;
» A l'insu de ma mère, et malgré ses douleurs,
» Je pars : conduisez-moi, mon oncle, à Vaucouleurs.

» Adieu vous qu'à regret je contriste et j'offense,
» Adieu pauvres parents ; adieu douce maison ;
» Adieu ma bonne amie et compagne d'enfance..!
» Qui vous arrosera dans la chaude saison,
» Orphelines sans moi, chères fleurs du parterre ?
» Et vous, lorsque la neige aura blanchi la terre,
» Mes petits nourrissons, oiseaux, dans quelle main
» Viendrez-vous becqueter quelques miettes de pain ?

« Ah ! j'aime tout ici, je le sens, et tout m'aime.

» Et quitter tout cela ; ne jamais le revoir

» Peut-être... ah ! c'est mourir pour les siens, pour soi-même ;

» Mais c'est sauver la France et faire son devoir ! »

Et tout fut dit alors. Comme, à travers l'orage,

Promesse du ciel bleu qui rit aux matelots,

Un joyeux rayon perce, et descend sur les flots ;

Ainsi, venu d'en haut, un éclair de courage

Brilla parmi ses pleurs et calma ses sanglots.

Élevée au-dessus de la faiblesse humaine,

A des scrupules vains Jeanne n'a plus égard :

Sur tout ce qui l'entoure elle fixe et promène

Un regard résigné, tendre... un dernier regard.

Le souffle inspirateur qui la pousse et l'anime

Arme sa volonté d'un effort magnanime.

S'il lui faut détacher, dans ce moment fatal,

Ses yeux d'objets si chers, ses pas du sol natal,

Dieu lui prête sa force : elle atteint la campagne.

C'en est fait ; et déjà tout lui manque ici bas :

Gagné seul à sa cause après de longs combats,

Seul guide, appui d'un jour, son oncle l'accompagne.

Dans ses habits grossiers de tranchantes couleurs,

L'humble fille des champs arrive à Vaucouleurs.

La femme d'un charron la voyant si modeste,

Pâle, en quête d'un gîte, avec des yeux rougis,

L'arrête, et de bon cœur lui dit : « Ma fille, reste;

» Ni le pain, ni le bois ne manquent au logis. »

Donc chez ces bonnes gens la voilà demeurée.

L'oncle, sans plus tarder, va trouver Baudricourt :

Moitié de la harangue avec peine endurée,

L'impatient seigneur s'écrie en coupant court :

« Par mon patron Robert ! les morceaux font la pièce;

» Frappés au même coin les deniers font le sou;

» Quand le bât blesse on dit : prenez garde au licou.

» Oui, si pour ses péchés deux fois folle est la nièce,

» Pour les siens, à son tour, l'oncle n'est pas moins fou.

» Or donc, que ces gens là, venus je ne sais d'où,

» S'en aillent, l'un guéri, l'autre bien corrigée ! »

Jeanne, triste à ce coup, mais non découragée,

Attend l'appui d'en haut au moment opportun.

A servir ses desseins celui que Dieu destine,

Contre sa main cachée en vain lutte et s'obstine :

Lorsqu'il en croit briser l'instrument importun,
A son insu, déjà lui-même il en est un,
Un de ces instruments que le ciel utilise.
Or, ce bon chevalier, à l'orgueil trop sujet,
Il était de ceux-là.

       Toute à son cher projet,
Jeûnant, communiant pour qu'il se réalise,
Jeanne passait ses jours en prière à l'église.
Puis, connue, admirée, humble et douce à chacun,
La belle et sainte fille allait disant sans cesse :

« Nul ne peut rien sans moi, ni prince, ni princesse ;
» Ni chevalier, ni duc, ni Dauphin même : aucun
» Ne pourra sans mon aide, ayez en l'assurance,
» Relever de si bas le royaume de France.
» Nous touchons au Carême ; il faut avant sa fin,
» Dussé-je, sans que rien m'épouvante et me coûte,
» User jusqu'aux genoux mes jambes dans la route,
» Il faut qu'alors je sois par devant le Dauphin.
» Pourtant, courir les champs ce n'est pas mon ouvrage ;
» J'en ai honte et chagrin souvent, non sans raison.
» Savez-vous qu'une fille a besoin de courage
» Pour tout quitter ainsi, sa mère et sa maison ?

» Ah ! que j'aimerais mieux aller tout d'une haleine,

» Dans notre étroit verger, rejoindre mes brebis ;

» Contente de les suivre, et de filer leur laine

» Pour fournir au logis le lait et les habits !

» Mais le Maître m'appelle ; il veut que je travaille,

» Pauvre glaneuse, hélas ! à la moisson d'honneur :

» Or, n'est-ce pas pour moi devoir et loi que j'aille

» Où mon Seigneur le veut ? » —

                    « Quel est votre Seigneur ? »

Demande à ce propos un jeune gentilhomme

Que Messire Bertrand de Poulengi l'on nomme.

Un autre plus âgé, Jean de Novelompont,

La questionne aussi ; lors Jeanne leur répond :

« C'est Dieu. » —

                  L'un d'eux ainsi : « Par ma foi ! je m'engage

» A vous accompagner. » Et pendant qu'il parlait,

Le chevalier courtois ôta son gantelet

Et dit, le présentant : « Jeanne, voici mon gage. » —

« Et moi, je jure aussi de vous conduire au Roi,

» Ma bonne et brave fille, » à son tour reprend l'autre,

« Dussé-je aller à pied, vous sur mon palefroi :

» Tenez, voici ma main, et donnez-moi la vôtre. »

Comme on voit, né ruisseau, le fleuve enfler son cours ;

Ainsi faible d'abord, plus tard universelle,

Déjà la renommée exaltait la Pucelle.

Pour la suivre, la voir, entendre ses discours,

Des gens de tout état affluait le concours.

Venu de Domremy, l'un contait par les rues

L'ange annonciateur, les saintes apparues,

Les voix, les visions dès l'âge de treize ans.

Tel vante sa douceur, tel autre sa prudence ;

Et tous, hors de l'Anglais les rares partisans,

Attendent tout, salut, honneur, indépendance,

De qui?... de cette fille et sœur de paysans.

A la longue ébranlé dans son outrecuidance,

Robert de Baudricourt, le haut et fier baron,

Se rend de sa personne au logis du charron.

Mais encore en soupçon de quelque maléfice,

Il amène avec lui Messire le Curé

Pour qu'il prête son aide et face son office,

Si le malin Esprit doit être conjuré.

Avec elle enfermés tous les deux, le saint homme
Revêt l'étole et dit, après un long sermon :
« Réponds ; es-tu mauvaise et sujette au démon ?
» Alors, *vade retrò;* je t'adjure et te somme,
» Par le saint nom du Christ, de t'éloigner de nous. »

Sans embarras ni peur, Jeanne tombe à genoux,
Et se traînant ainsi jusqu'au pieux insigne,
En adore la croix, se relève et se signe.
Le brave capitaine, à peine rassuré,
Veut encore à l'écart consulter le curé ;
Puis, tout haut : « Te voilà de fait justiciable,
» Ma belle, de l'Eglise et du bras séculier ;
» Car l'un de nous est prêtre, et l'autre chevalier.
» Donc parle maintenant, parle ; à défaut du diable
» Ou de quelque autre Esprit fol et malicieux,
» Qui t'envoie ? allons ! dis... » —

              « Le Sire roi des cieux, »
Répond Jeanne avec force, « et moi, simple bergère,
» Ignorante, et par vous traitée en étrangère,
» Je tiens de lui mandat ; j'arrive de sa part.
» Je te prends à témoin, Dieu puissant, combien tarde

» A mes pieux désirs l'heure de mon départ !

» Et toi que ton Seigneur d'un œil plus doux regarde,

» Attends encore ; espère : il sera ton rempart,

» France ; il veut te sauver pour te commettre en garde,

» Comme un dépôt auguste, inviolable, entier,

» A Charles, vrai Dauphin, légitime héritier.

» Oui, sachez qu'à Dieu seul appartient le royaume :

» Il en est le seul maitre ; et le roi très chrétien,

» Nouvel oint du Seigneur, sacré par le saint baume,

» Fils ainé de l'Eglise et son plus cher soutien ;

» Lui-même, le plus grand des plus grands de la terre,

» N'est rien que son vassal et son dépositaire.

» Hélas ! aujourd'hui même, aux plaines de Rouvrai,

» Notre Charles subit grand dommage et massacre :

» Mandez-lui qu'il attende ; et je le mènerai

» Gagner ses éperons, sa couronne et le sacre. »

« Vrai Dieu ! c'est une sainte, ou le diable est bien fin ; »
Se disaient capitaine et prêtre en conférence :
« Si modeste, si jeune avec tant d'assurance !
» Que faire ? » A tout hasard on résolut enfin
D'expédier sans bruit un message au Dauphin.

Jeanne, pendant ce temps, croissait en renommée ;
Si bien que, fort malade et craignant de mourir,
Charles, duc de Lorraine, envoya la quérir :
« Pucelle, » lui dit-il, « ma mie, ainsi nommée,
« Approche et guéris moi. » —

                      « Dieu seul peut vous guérir,
« Messire : hors les maux du royaume de France,
« Je n'ai remède aucun à nulle autre souffrance.
« Mais si le Prince veut obtenir guérison
« Et, par surcroît, long règne, enfants, honneur, richesse,
« Qu'il rappelle à sa cour l'épouse et la duchesse,
« Après avoir chassé la maîtresse Allizon.
« Ce n'est pas tout : clément et gracieux à celle
« Dont le sincère avis vient de franche amitié ;
« Bon voisin de la France, et touché de pitié,
« Qu'il envoie au Dauphin secours par la Pucelle.
« Alors, le pays sauf, et sauf aussi le Roi,
« Le Duc aura son tour : alors l'humble servante
« Elèvera vers Dieu sa prière fervente,
« Pour que des dons du ciel il lui soit fait octroi. » —

« *Amen !* que Dieu t'écoute ! à telle maladie

» Seul le grand Médecin avise et remédie.

» Je ne puis te servir que par mon trésorier ;

» Va le voir de mon ordre et ne manque à prier :

» Va, mon enfant. » Sur ce le Duc la congédie

Avec d'argent fort peu, mais à grands frais d'honneur.

Acclamée au retour par la foule accourue

Aux murs, à la poterne, à chaque coin de rue,

Jeanne enfin trouve grâce auprès du gouverneur.

Son message au Dauphin resta-t-il sans réponse ?

On ne sait : « Eh bien donc ! advienne que pourra, »

Dit-il, « puisqu'on le veut, soit ! elle partira. »

De tous côtés la joie éclate à cette annonce :

Bourgeois, gens de métier, apprentis et doyens,

Femmes surtout, chacun s'y joint et sympathise.

Mais ce voyage, à moins d'en fournir les moyens,

Le vouloir, ce serait imprudence et sottise :

Donc, pauvre on fait la quête, et riche on se cotise ;

Si bien que Jeanne aura haquenée ou coursier,

Et le reste. Crédule au conseil d'un sorcier,

Robert de Baudricourt ne donne que l'épée.

Notre Pucelle alors : « Je la crois bien trempée,

» Digne de vous, Messire, et d'un loyal acier :

» Or donc, en attendant l'autre que Dieu me garde,

» Je l'accepte ; merci ! » Puis, la main dans la garde,

Jeanne rougit, salue et court chez le charron.

Là, de l'avis des Voix et pour sa sauve-garde,

Elle prend l'habit d'homme avec le chaperon,

Attache les houseaux et chausse l'éperon.

La foule en grand émoi l'attendait à sa porte :

Par mille voix bénie, elle monte à cheval.

Jean de Novelompont, et son jeune rival,

Bertrand de Poulengi, viennent lui faire escorte ;

Chacun des deux jaloux de dégager sa foi :

A leur tête chevauche un des hérauts du roi ;

A la suite un archer, trois écuyers, un page ;

Jeanne, seule au milieu, part en cet équipage.

III.

CHINON.

———◆◆◆◆———

« Contagion, disette, averses, ouragans;

» Partout cours d'eau grossis, campagnes submergées,

» Ou par le Bourguignon, l'Anglais et les brigands,

» Autre débordement sans trève, ravagées; ›

— C'est ainsi que parlait Jean de Novelompont : —

« Tous les fléaux du ciel, de la terre et des hommes;

» Pas une lance à rompre, et ni route ni pont.

» Ah ! Messire Bertrand, fous, bien fous que nous sommes,

» Moi surtout, de tourner le dos à mon foyer,

» Pour suivre, ensorcelé d'une façon grossière,

» Je ne sais quelle fille insensée ou sorcière ;

» Et réciproquement nous voir pendre ou noyer ;

» Le tout pour ses beaux yeux ! » —

                                  « C'est folie à votre âge,

» Messire ; au mien, dit-on, » réplique Poulengi,

« Vous auriez pour ces yeux moins parlé, plus agi.

» Mais, n'était mon serment, je romprais ce voyage ;

» Peu jaloux, pour ma part, de subir sans raison

» Si grand risque d'Anglais, noyade ou pendaison.

» Voyez Jeanne pourtant : sur son front, dans son geste ;

» Aussi dans son langage, et par tout son maintien,

» Quelle sérénité naturelle et modeste !

» Quelle assurance en Dieu ! quel courage chrétien ? »

A vrai dire c'était courir grosse aventure,

Avec tant de périls, et de telle nature,

Qu'un vaillant cœur pouvait à bon droit s'effrayer.

Il fallait s'écarter des routes fréquentées

Qu'infestaient les partis, pour aller s'en frayer

D'autres, dans des forêts par les voleurs hantées :
Nul gîte que précaire, en de pauvres hameaux
Où la rigueur des temps appesantit ses maux ;
Mille privations qu'un froid humide aggrave ;
Point de gens du pays pour indiquer un gué ;
Et, rivière ou torrent, force était au moins brave
D'y lancer au hasard son cheval fatigué.

« En avant ! » disait Jeanne : « à quoi bon ces alarmes,
» Et tous vos longs détours, et vos marches de nuit ?
» Dieu me fait mon chemin. Malgré les hommes d'armes,
» Je vous conduirai saufs, comme Dieu me conduit. »

Parfois, dans un péril, calme, mais étonnée
De voir l'effroi transir le cœur des plus hardis,
Elle ajoutait : « N'ayez frayeur, je vous le dis :
» Je poursuivrai ma route avec ma destinée ;
» Ma vie a ce seul but ; c'est pourquoi je suis née :
» D'ailleurs, pour me guider, mes Voix du Paradis
» M'assistent à cette heure aussi bien que jadis. »

Ainsi Jeanne parlait simplement, sans étude ;
Douce, assurée aussi de ton et d'attitude ;

En elle rien de faux, d'hésitant, de suspect :
Pour elle commander semblait une habitude,
Un droit, un devoir même ; et tout dans son aspect,
Avec la confiance, inspirait le respect.
Quoique belle, on le sait, belle autant que pas une,
Parmi ses compagnons, sur la couche commune
Où, l'étape fournie, on dormait tout vêtu,
De mauvaise pensée à son égard aucune ;
Nulle ombre de soupçon ne ternit sa vertu.

C'est elle que voilà, si craintive naguère,
Maintenant toujours prête, en tout temps, en tout lieu
D'affronter un péril pour aller prier Dieu.
Auprès d'elle, au-dessous, combien semble vulgaire
Le courage prudent de ces hommes de guerre,
Qui vont lui disputant quelques pieux délais !

« Pourquoi m'empêchez-vous d'entendre ici la messe ?
» Messire est là, Celui de qui je vous parlais :
» La plus humble chapelle est aussi son palais.
» Entrons, et n'ayez crainte ; il tiendra sa promesse. »

On la croyait ; et qui n'eût subi l'ascendant
D'une pareille foi, si tranquille, si ferme ?
Comme elle on s'en remit à Dieu seul. Cependant
Peines, soucis, dangers vont toucher à leur terme :
On arrive à Gien sans notable accident ;
C'était terre du roi, ville de la Couronne.
Après la Marne, l'Aube, et la Seine et l'Yonne,
Le beau fleuve, bientôt témoin de nos succès,
Libre encore en ces lieux, baignait des bords français.
Voyez : d'un tiède éclat le ciel plus pur rayonne ;
La Touraine s'étend là bas, à l'horizon :
Après tant de cours d'eau gonflés par la saison ;
Après tant de périls, voici la Loire amie ;
Dans son lit sablonneux elle glisse endormie.
La Pucelle a bien dit ; Dieu lui donne raison.

Va donc, et que le cri d'un peuple entier t'éveille,
Noble rivière ! écoute un nom partout cité :
Va du secours promis raconter la merveille
Aux échos d'Orléans, la fidèle cité !

Pendant que Jeanne avance, et ne se sent pas d'aise
De fouler désormais une terre française,

3

Avec son peu d'armée et sa cour aux abois,
Charles tenait Chinon. Parvenue à Fierbois,
Par un message écrit notre Pucelle annonce
Et le terme et le but de son voyage, enfin
Plus d'une confidence agréable au Dauphin :
Cela fait, elle attend que Charles se prononce.
Elle attendit trois jours : sans cesse en oraison,
A genoux et les mains jointes sur sa poitrine ;
Tant elle aimait, malgré le froid de la saison,
L'église dédiée à sainte Catherine,
Et la maison de Dieu plus qu'une autre maison !
Là n'était seulement lieu de pèlerinage,
En vieil et grand renom dans tout le voisinage ;
Pour la pieuse fille, accourue au parvis
Dès l'arrivée, ainsi qu'elle en avait l'usage,
Ce fut d'abord surprise heureuse et doux présage :
La Sainte dont la voix lui donnait des avis
Ecoutés avec joie, avec respect suivis,
L'une des deux au moins, — l'autre étant Marguerite,
Vierge et martyre aussi, d'égal rang et mérite, —
L'héroïne qu'on voit, peinte en divers endroits,
Terrassant le Dragon par un signe de croix,

Honorée en ce lieu comme Dame et Patronne,
Semble, du haut des cieux dont l'éclat l'environne,
Amener sa pupille aux pieds du Roi des rois.

Quant au Dauphin, comment, seule, aborder d'emblée,
Malgré son triste état, un prince d'ici-bas ?
Grave souci dont Jeanne était parfois troublée,
Apprenant que la Cour, en conseil assemblée,
Avait sur sa venue ouvert de longs débats.
Là, maint tournoi de mots et force controverses ;
Autant d'avis divers que de têtes diverses :

« Sous un gant mi-parti Champenois et Lorrain
» Je crains de voir percer la griffe de Bourgogne. »
— « J'y vois plutôt le doigt du Maître Souverain ;
» On dit Jeanne une sainte. » — « On la dit sans vergogne :
« Des yeux de basilic avec un front d'airain. »
— « Le ciel est son garant » — « L'enfer est son parrain ! »
— « Vrai miracle de Dieu ! » — « Pure sorcellerie ! »
Sur tous les points ainsi l'un dit oui, l'autre non.
Enfin, de guerre lasse, arrivée à Chinon,
La Pucelle y prend gîte en une hôtellerie.

Prompt émoi dans la ville : on s'empresse, on accourt ;
Mais, par ordre du Roi, le sire de Gaucourt,
Son grand-maître, intervient ; et sous son patronage
Loge Jeanne au Coudray, château du voisinage.
Trouvera-t-elle au moins la paix dans ce séjour,
A l'ombre de l'autel, au fond de l'oratoire ?
Hélas ! trois jours durant, ce ne fut tout le jour
Qu'affluence de gens au zèle méritoire,
Et chacun d'eux armé d'un interrogatoir ..

Retenu d'une part, d'autre part excité,
Le Dauphin flotte encore en sa perplexité.
Mais combien peu les rois pèsent dans la balance,
Quand Dieu pose à son tour son poids sur le plateau !
Charles n'hésite plus : son messager s'élance ;
C'en est fait ; la Pucelle est mandée au château.

Or, parmi tous les gens rencontrés au passage,
C'était à qui le mieux vanterait son maintien,
'Sa bonne grâce honnête avec l'air doux et sage ;
Un homme d'armes seul, ivre ou mauvais chrétien,
Osa, reniant Dieu pour ouvrir l'entretien,

Osa scandaliser par un propos obscène
Jeanne, et tous les témoins de cette ignoble scène.

« Ah ! mon Dieu, juste Dieu, » fit-elle, répondant
Sur un ton de pitié plutôt que de reproche,
« Il vous renie, hélas ! et sa mort est si proche ! »

La Loire, une heure après, poussait contre une roche
Son cadavre... il s'était noyé par accident.

Malgré tout, le Dauphin, dont l'âme timorée
S'ouvre aux derniers conseils du doute et du soupçon,
Ordonne que chacun, fidèle à la leçon,
Tienne au milieu de tous sa présence ignorée.
Puis, sous un simple habit, parmi ses familiers,
Le suzerain se cache aux yeux de la vassale.
C'était le soir : partout des torches ; dans la salle
Plus de trois cents seigneurs, prélats et chevaliers ;
En bas, sur le préau, le long des escaliers,
Force écuyers, varlets et clercs de toute sorte,
Sans compter les manants dont le flot bat la porte.

Tous, quand Jeanne paraît, restent comme ravis,
Muets surtout ; aucun ne fait faute à se taire,
Tant des hallebardiers la crainte est salutaire !
Mais après, de combien d'impatiens devis
La Pucelle et sa suite arriveront suivis !
Quels beaux fruits va pousser l'esprit de commentaire,
Germe gaulois greffé sur l'arbre héréditaire !

Cependant les seigneurs font cercle ; au premier rang
Les mieux vêtus : alors un des princes du sang,
Le comte de Vendôme, entre, et, sous sa conduite,
Jeanne a fendu la presse et s'avance introduite.....
Quoi d'étrange ont donc vu tous ces yeux ébahis ?
A des regards aigus cloués sur la pauvrette,
On dirait que plus d'un des assistants regrette
Un lâche espoir déçu, des vœux jaloux trahis.
Ce qu'ils ont vu ? C'est l'humble et simple bergerette
Qui se tient là debout, calme, et dont la candeur
Voile un charme secret de force et de grandeur.
Oui, Messeigneurs, voici toute la magicienne,
Le Protée ambigu, peint en traits infamants :
La robe est de son sexe, et la forme est la sienne :

Dieu, la France, le Roi, voilà ses talismans.
Si, pieuse, elle prie ; inspirée, elle exhorte,
Et voue à son pays sa vie à dix-huit ans ;
Si de plus elle est belle... Eh bien ! que vous importe ?
Dans sa fière innocence, elle attend et supporte,
Sans trouble, sans rougeur, vos regards insultants.
Messeigneurs, quel spectacle ! en êtes-vous contents ?

Ainsi, dans le silence, un court moment s'écoule :
Or, Jeanne a démêlé le Roi parmi la foule :
Elle va droit à lui, se jette à ses genoux
Qu'elle embrasse, disant d'un air naïf et doux :
« Gentil Dauphin, j'ai nom Jehanne la Pucelle. »

« Ce n'est pas moi qui suis le Roi ; le voici là. »
Et montrant un seigneur en habit de gala,
Tout flambant de brocart dont la moire étincelle,
De qui la chaîne ouvrée en anneaux d'or ruisselle,
Charles, pour mettre à fin l'épreuve, ainsi parla.

« En mon Dieu ! c'est bien vous, Messire, et non pas autre.
» Donc, très noble Dauphin, de par le Roi des cieux,
« Roi de France avant vous, mon Seigneur et le vôtre,
» Je vous mande et promets que, par don gracieux,

» Au maître-autel de Reims qui garde le saint baume,

» Il veut vous octroyer le sacre et le royaume.

» Pourquoi ne m'écouter ni croire à mon discours ?

» Je ne suis qu'une fille, il est vrai ; ce n'est guère ;

» Mais je dis que par moi Dieu vous porte secours :

» Contre le fier Anglais il veut que j'aille en guerre ;

» Veuillez-le comme lui, gentil Prince, et j'y cours.

» Je vous dis qu'à cette heure où Dieu change en guerrière

» Une pauvre fileuse, ignorante ouvrière ;

» Dans le ciel, au moment où je parle, à genoux

» Un empereur, un roi, deux grands saints en prière,

» Charlemagne et Louis intercèdent pour nous.

» Je viens donc, de par Dieu, vous donner l'assurance

» D'être son lieutenant au royaume de France. »

Tous écoutaient surpris, charmés pour la plupart,

Cette gente Pucelle et son ferme langage.

Lors Charles la relève, et la tirant à part,

Dans un long entretien avec elle il s'engage.

L'assistance devient tout oreilles, tout yeux :

Pourtant, ce qui se dit, aucun ne peut l'entendre ;

Seulement on croit voir comme un rayon joyeux

Poindre au front du Dauphin, et sur ses traits s'étendre ;
Mais ce n'est qu'un éclair : Charles retombe assis,
Silencieux, songeur, et dans une attitude
De doute insouciant, de molle incertitude,
Pendant que son regard erre et flotte indécis.
Tout-à-coup il tressaille ; on dirait qu'il s'éveille ;
Il se lève en sursaut, dans tout le désarroi
D'un étonnement morne et semblable à l'effroi.
Ces paroles de Jeanne expliquent la merveille :
« Pour vrai Dauphin de France et pour vrai fils de roi,
« Par le droit et le sang héritier de l'empire,
« Tu l'es : je te le dis de la part de Messire. »

Et pâle, en grand émoi, mais le front éclairci,
Charles n'a répondu que ce seul mot : « Merci ! »

Cet entretien pour tous fut longtemps un mystère.
Jeanne sur ce sujet voulut toujours se taire ;
Le Roi parla plus tard ; on sut ce que voici :
Un jour, avant que Dieu ne promit à l'histoire
Une page inouïe, une vierge aux combats,
Au Dauphin la couronne, au pays la victoire,

Triste, à bout de courage en se voyant si bas,
Charles se retira seul en son oratoire.
Là, d'âme et de pensée il requit le Seigneur,
Dans l'humble épanchement d'une oraison mentale,
De le prendre en pitié, pour qu'à l'heure fatale
Il échappât au moins sauf de vie et d'honneur :
« Que si vrai fils de France à bon droit je m'estime,
» Non rejeton bâtard ni fruit de trahison, »
Disait-il en son cœur, « mais Dauphin légitime,
» Chef et maître, après Dieu, de sa noble maison,
» Il vous plaise, ô Seigneur, garder mon héritage
» Et sur tant d'ennemis me donner l'avantage.
» Sinon, veuillez au moins que sans mort ni prison
» J'atteigne pour refuge ou l'Ecosse ou l'Espagne,
» L'une et l'autre en tout temps sœur, amie et compagne. »

Ainsi Charles, blessé d'un douloureux soupçon,
Découvrait devant Dieu la plaie et la victime.
Cependant, au dehors pas un mot, pas un son
Ne trahit le secret de sa prière intime.
Or, jugez de sa joie à voir un tel souci
Avec tant d'à-propos et si vite éclairci !

A cet aveu muet que nulle oreille humaine

N'a surpris sur la terre, après une semaine,

Une vierge répond pour le ciel adouci.

Plus de doute infamant ! Que Charles se relève,

Allégé de la crainte ou du poids d'un affront ;

D'une main l'oriflamme, et de l'autre le glaive,

Que, la visière ouverte, il porte haut le front !

Ce casque au blanc panache, et que le lis fleuronne,

Va bien à ce front noble et fait pour la couronne.

Ce qui sied au Dauphin n'est point un palefroi,

Monture de prélat, pacifique et vulgaire,

Mais un vaillant cheval de fatigue et de guerre ;

Car il sera bientôt victorieux et roi.

IV.

POITIERS.

---◄◦◄░►◦►---

« A cette heure est-il vrai que le Conseil hésite? »
Dit un nouveau venu, « Messire Alain Chartier,
  » Instruisez-moi, vous dont instruire est le métier. » —
  » Libre enfin des assauts d'un essaim parasite,
  » Le Roi, de l'Esprit-Saint aurait eu la visite
  » Qu'il n'eût pas mieux goûté le fruit de la leçon.
  » Je ne sais rien de plus, gentil duc d'Alençon;
  » Rien des secrets d'État, sinon qu'un secrétaire
  » Écoute, écrit, oublie, et n'est bon qu'à se taire. » —

« Oui, confident du Roi, poëte, historien,

» On connaît votre sage et discrète personne

» Qui, dans l'ombre et sans bruit, où nous glanons, moissonne :

» Vous écrivez de tout, et ne parlez de rien.

» Mais, à vous l'avouer, j'aime fort la Pucelle ;

» J'admire son parler si ferme et de grand sens :

» Très incrédule hier, aujourd'hui je me sens

» Tout espoir, pleine foi dans cette jouvencelle.

» Oui, moi-même, élevé dans l'exil, dans le deuil,

» Orphelin d'Azincourt, prisonnier de Verneuil ;

» Prince, hélas ! bien déchu, du sang royal de France,

» A qui ce rude maître, appelé le malheur,

» Des choses de ce monde enseigna la valeur,

» Et, conseillant l'oubli, désapprit l'espérance ;

» Quoi que je veuille ou fasse à mon corps défendant,

» C'en est fait : j'ai subi l'incroyable ascendant

» De cette jeune fille inspirée, et qui reste

» Bergère, comme avant, dans sa simplesse agreste.

» Hier, en arrivant d'auprès de Beaupréau,

» Je la vis tout d'abord à l'église en prière ;

» Puis, au logis du Roi ; plus tard, sur le préau,

» A cheval, lance au poing, joûtant dans la carrière.

» Ah ! qu'elle est bien partout ! Longtemps en oraison,

« Il semble que vers Dieu tout son être s'élance :

» Dans ses propos au Roi quelle haute raison !

» Que d'aisance et d'adresse à courir une lance !

» Où donc, Messire Alain, a-t-elle tout appris ?

» Comme, avec tant de grâce et d'aplomb sur la selle,

» Elle est sage, pieuse, éloquente Pucelle !

» Un si rare mérite à tel point m'a surpris

» Que, moi de qui l'Anglais a vidé l'escarcelle,

» J'offris sur l'heure à Jeanne un cheval de grand prix. » —

« Noble sang ne ment point à sa noble origine, »

Dit l'autre : « c'est agir en parfait chevalier.

» Mais si je ne sais rien, au moins je m'imagine

» Que lorsqu'on est prélat, et surtout chancelier,

» La foi, plus attiédie envers une pucelle,

» N'éclate pas si vive au choc d'une étincelle.

» Ah ! Prince, il n'est permis qu'aux gens venus d'hier

» D'aller si droit au but d'un élan libre et fier.

» Pour nous, en toute affaire ou privée ou publique,

» La marche la meilleure est la lente et l'oblique.

» Nous apprenons ici, souvent à nos dépens,

» Ce grand art négatif de rester en suspens :

» Surtout si quelque femme intervient, la prudence

» Conseille de nier tout, même l'évidence ;

» Quitte à douter plus tard, puis à croire à demi.

» Mais, avant de se rendre, on bataille, on recule ;

» Et pourquoi non, Messire ? On craint le ridicule ;

» On craint le sexe : on craint avant tout l'Ennemi,

» L'éternel Tentateur, artisan de magie :

» Aussi, pour en finir, on irait volontiers,

» A défaut de Paris, convoquer à Poitiers

» Tout le corps militant de la Théologie. »

Il disait vrai : bientôt cette antique cité,

Siége de parlement et d'université,

A vu se réunir, comme au jour d'un concile,

Les plus savants docteurs, moines, clercs, séculiers ;

Puis le Roi, son conseil, ses meilleurs chevaliers,

La Pucelle avec eux, toujours humble et docile.

« Allons, ma mie, en garde et ferme sur l'arçon, »

Disait en chevauchant notre duc d'Alençon,

« Tenir un tel défi ce n'est pas mince affaire. » —

« Messire m'aidera. Je sais bien qu'en ce lieu
« Où vous me conduisez j'aurai beaucoup à faire ;
» Mais Dieu fera son œuvre : or, allons, de par Dieu ! »

Ainsi, modestement, mais non pas sans noblesse,
Jeanne répond : partout éclate en ses discours,
Avec l'aveu naïf de sa propre faiblesse,
Son invincible foi dans un divin secours.
Telle encore à Poitiers, sûre de la victoire,
Mais rouge de pudeur et timide au début,
La Pucelle subit maint interrogatoire,
Et de sa mission, devant tout l'auditoire,
Confesse hautement l'origine et le but.

« Ah ! c'est un beau spectacle, et rare, et dont nous sommes
» Ou les joyeux témoins ou les piteux acteurs,
» Que de la voir lutter, femme contre des hommes ;
» Ignorante, en apprendre aux plus fameux docteurs ;
» Seule, de son côté, contre tant d'adversaires ! »
Disait Alain Chartier à l'un des commissaires,
Pendant une séance ou Jeanne avec éclat,

Forte de l'Esprit-Saint, préludait au martyre
Par le don d'éloquence et par l'apostolat.

« Bien dit, Messire Alain, reprend le bon prélat,
» Coup double : en même temps l'éloge et la satire.
» Mais on parle ; écoutons : à l'accent Limousin
» J'ai déjà reconnu mon collègue et voisin :
» Très digne et savant moine, il a tout d'un apôtre,
» Moins le dire correct, et plus le ton grivois. »

« Mon enfant, quelle langue articulent *vos Voix ?* »
Demandait le docteur... « Meilleure que la vôtre, »
Riposte la Pucelle. Alors frère Séguin,
Le visage empourpré d'un nuage sanguin :
« Et croyez-vous en Dieu ? » —

                                        « Plus et mieux que vous-même. »

Cette fois l'orateur s'assit muet et blême.

Aussitôt, mais déjà d'un ton moins arrogant,
Un nouveau champion a relevé le gant :

« Ces Voix vous auraient dit qu'au royaume de France
» Dieu voulait octroyer prochaine délivrance.
» Eh bien ! s'il était vrai que le Seigneur voulut
» Compatir à nos maux, apaiser nos alarmes,
» S'il daignait accomplir cette œuvre de salut,
» Pas ne serait besoin, sachez-le, de gens d'armes. » —

— « Mais, vous-même, sachez que nos gens donneront
» La bataille, et que Dieu donnera la victoire. »
En parlant ainsi Jeanne a relevé son front,
Son beau front rayonnant d'un feu divinatoire ;
Et comme, en dernier lieu, l'on objectait ceci :
« Le Dieu de vérité ne veut pas qu'on se fie
» A des assertions que rien ne justifie ;
» Non plus que, sans combattre, on se rende à merci :
» Donc, pour gagner créance, il faut donner un signe. »
La Pucelle, à ces mots, d'un ton modeste et digne :
« Celle à qui vous parlez n'est point venue ici
» Pour faire ou pour montrer signes de telle sorte.
» Mais donnez-moi des gens : Quelque peu qu'il en sorte
» Avec moi de Poitiers, avec nous de céans,
» Je les ferai bientôt entrer dans Orléans.

» Délivrer cette ville, et par mainte victoire

» Détruire l'assiégeant : mener Charles Dauphin

» A Reims, puis à Paris le roi Charles ; enfin,

» L'ennemi jeté hors de tout le territoire,

» Et Charles d'Orléans d'Angleterre arraché

» Après si long exil, lui rendre son duché ;

» Telle est ma mission, et tels seront mes signes.

» Qu'est-il besoin d'ouvrir tant de livres savants ?

» Un autre livre écrit là-haut en traits vivants,

» Le livre de Messire, en dit plus que vos lignes.

» Allons ! voici l'instant et le besoin d'agir,

» Non de parlementer ; il faut combattre : aux armes ! »

Elle dit, on se tait : les uns près de rougir ;
D'autres, en plus grand nombre, attendris jusqu'aux larmes.
Tout cède à cette foi, dont l'ascendant vainqueur
Plane au-dessus d'un temps de honte et de désastres
Pour éclairer l'esprit, pour ranimer le cœur.
La séance est levée, et l'évêque de Castres
S'écriait en sortant : « A de tels coups du ciel

» Il n'est sourd qui n'entende, aveugle qui ne voie !

» Notre salut suprême et providentiel

» C'est cette jeune fille, oui, c'est Dieu qui l'envoie ! »

« Eh bien! » disait quelqu'un à Maître Alain Chartier,
« Le spectacle est complet; le voilà tout entier. » —
— « Non pas; la Cour, Messire, attend un dernier acte.
» Par les traités secrets que le démon contracte
» Il peut, dit-on, parfois hanter un corps humain;
» Mais avec une vierge, il ne peut faire un pacte.
» C'est vous dire pourquoi, sans plus tarder, demain,
» Des dames de la Cour, vénérable concile
» Où siége au premier rang la reine de Sicile,
» Vont porter sur ce point leur discret examen. »

La noble fille ainsi longuement éprouvée,
Tant cherchée en défaut, mais chaque fois trouvée
Sainte et pure de fait comme de volonté,
Rien que dévotion, modestie et bonté,
Il fallut, malgré ceux qui trouvaient ce remède
Amer à leur orgueil et des plus malséants,
Il fallut appeler une femme à son aide,
Et la mener en hâte au secours d'Orléans.
De tels propos le Roi ne s'inquiète guère :
« Qui parle ou pense ainsi, » dit-il, « est un félon;
» Ma bonne Jeanne aura l'état d'un chef de guerre :
» D'abord, pour écuyer, le sire Jean d'Aulon,

» Un des meilleurs parmi les vaillants et les sages;

» L'aumônier de son choix, deux hérauts et deux pages

» Vêtus à ses couleurs, nobles, jeunes, accorts;

» Une armure complète, ajustée à son corps;

» Plus un maitre-d'hôtel, des gens, des équipages. »

Elle répond alors : « Noble Dauphin, merci!

» Sous les murs d'Orléans je tomberai frappée,

» Et mon sang coulera; mais n'en ayez souci;

» Je me relèverai, tout m'aura réussi.

» A cette heure il me faut l'étendard et l'épée :

» Mes Voix m'en ont parlé, ces infaillibles Voix

» Dont l'entretien console, affermit, tranquillise,

» Et dont l'avis éclaire et commande mon choix.

» L'épée est enterrée à Fierbois, dans l'église,

» Non loin du maître-autel, en arrière, je crois;

» Sur la lame on verra l'empreinte de cinq croix.

» Qu'on l'apporte bientôt : et Dieu fasse qu'elle aille

» Toujours, sans trop peser à ma débile main,

» Haute et nue en avant, au fort de la bataille;

» Non pour férir jamais ni d'estoc ni de taille,

» Mais pour parer les coups, vierge de sang humain!

» L'étendard fera plus que l'épée ou la hache :

» Il servira bien mieux mon bras et mon dessein.

» Qu'on l'apprête à mon gré ; Dieu permet que je sache

» D'avance, exactement sa forme et son dessin :

» Champ fleurdelisé d'or ; blanc et frangé de soie ;

» L'image du Sauveur au centre se déploie,

» Un globe entre ses mains et sur son tribunal

» Assis, les cieux ouverts, ainsi qu'au jour final.

» Sur les marches du trône, alentour, en arrière,

» Les yeux levés en haut, des anges en prière :

» L'un deux, aux pieds du Christ, lui présente à bénir

» Un beau lis fleurissant, tout fier de rajeunir.

» Au revers du tableau ces noms : Jésus, Marie.

» Telle sera mon arme, oui, mon arme chérie ;

» Celle dont on m'a dit : De par le Roi des cieux

» Lève ton étendard d'un bras audacieux. »

V.

ORLÉANS.

LE SIÉGE.

Défenseurs d'Orléans, quand la France alarmée,
Et comme au lit de mort, voyait l'Anglais vainqueur
Sur son sein violé répandre son armée,
Et de Paris, sa tête, arriver à son cœur ;
Vous que l'espoir de vaincre ou de mourir anime,
Femmes, enfants, vieillards, prélats, clercs, artisans,
Chevaliers et bourgeois, seigneurs et paysans,
Vous avez tous couru, d'un élan magnanime

A ce flot d'ennemis montant de toutes parts
Opposer vaillamment vos corps et vos remparts.
Un siége en plein hiver, ses horreurs, ses angoisses ;
Tous vos riches faubourgs, détruits, brûlés, rasés,
Avec vingt-six clochers, chapelles ou paroisses ;
Vignes, jardins et bois, tous vos champs embrasés ;
Rien ne vous a coûté : terrible auxiliaire,
Cet incendie immense, allumé par vos mains,
Entre l'Anglais et vous a laissé comme une aire
Jonchée, au lieu de blé, de cadavres humains.
Résister à tout prix, combattre à toute outrance ;
Te garder pour ton duc ou périr pour la France,
Tel fut, tel est toujours ton généreux dessein,
Noble ville : tu sais que la mère-patrie
N'a que toi pour défense, et, d'une main meurtrie,
Tu fermes la blessure ouverte dans son sein.
Après six mois et plus d'héroïque constance,
L'agression se mêle avec la résistance
Dans un espace étroit, des deux parts abrégé :
A l'assaut qui fléchit riposte une sortie ;
L'attaque impétueuse à l'attaque amortie ;
Et l'assiégeant se voit à son tour assiégé.

Combien sont restés là, tous vaillants, pas un lâche,
Sur ce terrain battu, foulé comme un préau,
Où chaque jour la Mort, sans pitié, sans relâche,
Ainsi qu'un mercenaire au début de sa tâche,
Précipite les coups de son pesant fléau !

Il est de beaux périls qu'un noble cœur savoure ;
Il en est qu'il méprise et subit par devoir :
Ainsi, quand les boulets commencent à pleuvoir,
Un danger sans attrait éprouve la bravoure.
Ici, le plus novice aurait bientôt appris
De ces périls divers l'amour et le mépris ;
Témoin nos assiégés : d'une oreille aguerrie
Toute une foule entend tonner l'artillerie ;
De la ville et du camp, du mur et du rempart,
La bouche à feu vomit l'éclair ; le boulet part :
Il siffle, il coupe l'air de sa brûlante haleine.
Ah ! trop souvent, qu'il touche ou qu'il manque le but,
Qu'il ébrèche la pierre ou laboure la plaine,
La Mort dans son sillon prélève son tribut :
Alors des corps sanglants tombent... comme en javelles
Tombent les épis mûrs pour les moissons nouvelles.

Chevalerie, hélas! ces engins infernaux
Auront des derniers preux bientôt détruit la race :
Sous l'impuissant abri des tours et des créneaux,
Pourquoi tout cet acier, luxe des arsenaux ?
A quoi bon désormais le casque et la cuirasse,
Inutile harnais dont le poids embarrasse ?
S'il est vrai que l'Anglais, dans ces sanglants débats
Où, dernière raison des choses d'ici-bas,
La force fait le droit, et le fait seul décide ;
Si vraiment l'ennemi, las de nobles combats,
Alluma le premier cette foudre homicide,
Eh bien! qu'il soit puni; qu'il subisse à son tour
De ce fléau vengeur l'équitable retour !
Salisbury n'est plus... ce fameux capitaine,
Mais avide et cruel jusqu'aux derniers excès,
L'orgueil de nos rivaux; lui dont tant de succès
Semblaient éterniser la fortune hautaine,
Sanglant, défiguré par un boulet français,
N'a conquis en ces lieux qu'une tombe lointaine.

« Il faut prendre Orléans; il le faut à tout prix. »
Redisait-il aux chefs groupés près de sa couche,

Quand le froid de la mort glaçait déjà sa bouche.
Ce vœu d'une vengeance implacable et farouche,
Son digne exécuteur, Suffolk l'a bien compris.

L'haleine du printemps attiédit la froidure;
Voici tous les coteaux couronnés de verdure;
Les tertres de nos morts se parent de gazon.
Insensible témoin des maux que l'homme endure,
Et gai comme un captif sorti de sa prison,
Notre beau soleil rit dans un large horizon.
Malheureux assiégés, les verrez vous encore
Ces fêtes des beaux jours dont l'été se décore?
Dans vos champs consolés, libres de tout péril
Les verrez-vous fleurir ces promesses d'avril?
Quel contraste cruel ! Pendant que la nature
Convie au frais espoir de la félicité,
Mère heureuse, tout homme et toute créature,
Bastilles et fossés, reliés en ceinture,
Dans leurs nœuds menaçants étreignent la cité.
Ici l'étroit blocus; là-bas l'indépendance,
Le pain de chaque jour, et, sinon l'abondance,

La vie au moins, la vie au lieu d'un long trépas.

La disette au dedans prélude à la famine,

L'agonie à la mort; ébranlé par la mine,

Le sol même gémit sourdement sous les pas.

Mais de rendre la place en vain l'Anglais vous somme,

Braves Orléanais : vous tiendrez jusqu'au bout;

Aussi longtemps du moins que restera debout

Le dernier pan de mur, abri du dernier homme.

Le Ciel et le Pays vont-ils vous secourir,

Alors que vous jetez vers eux le cri suprême,

Ce cri de la souffrance à sa limite extrême,

Prière, appel, adieu de ceux qui vont mourir ?

Ah ! s'il est un de vous en qui la foi chancelle,

Qu'il frappe sa poitrine et demande merci :

La délivrance est proche; oui, voici la Pucelle;

Envoyée à votre aide, elle vient; la voici !

Dans sa troupe escortant un grand convoi de vivres,

Des prêtres vont armés d'étoles et de livres;

Elle a sanctifié la guerre et ses soutiens :

De gens d'armes pillards, débauchés, toujours ivres,

Damnés blasphémateurs, Jeanne a fait des chrétiens :

Elle prie avec eux, les soutient, les exhorte.

Le clergé, sa bannière où brille une croix d'or,
Marchent en avant-garde, et la sainte cohorte
Pour cri de guerre entonne un *Veni Creator*.

Au bord du fleuve ainsi la Pucelle chevauche.
Pendant qu'à son insu l'on suit la rive gauche,
Elle compte déjà gagner ses éperons
Sur maint parti d'Anglais en course aux environs ;
Mais la plaine s'étend verdoyante et paisible :
Pas un éclair d'armure à l'ombre d'un pennon ;
Des approches d'un camp nulle trace visible ;
A peine, et par instant, le bruit sourd du canon.
Enfin l'on aperçoit la ville et les Tournelles
Qui défendent le pont comme des sentinelles.
Dès le début du siége, après le grand effort
D'un assaut inutile autant qu'opiniâtre,
Salisbury par ruse est entré dans ce fort,
De sa tragique fin la cause et le théâtre.
Comment forcer ce pont gardé par l'ennemi ?
Comment franchir le fleuve avec un lourd bagage ?
Pendant qu'entre les chefs un vif débat s'engage,
D'un noble et saint courroux la Pucelle a frémi.

En ce moment Dunois débarque sur la rive :
Dunois, des assiégés le plus ferme rempart,
N'a plus d'espoir qu'en Jeanne, et près d'elle il arrive,
Pressentant un danger, pour en prendre sa part.

« Ah ! Bâtard d'Orléans, » dit-elle à son approche
D'un ton vif où perçait comme un secret reproche,
« Les plus mauvais conseils sont donc les mieux suivis :
» Voyez, brave Dunois, quelle ingrate besogne
» On a fait en prenant la route de Sologne,
» Et non celle de Beauce ; est-ce par votre avis ? » —
« C'était aussi l'avis des meilleurs capitaines, »
A répondu le Comte. — « En fut-il par centaines,
» Tous de haute vertu, prud'homie et valeur,
» Le conseil de Messire est préférable au leur.
» C'est ainsi que vous-même entre tous brave et sage,
» Malgré mon ignorance et tout votre savoir,
» Vous vous êtes déçu, voulant me décevoir.
» Maintenant avisez aux apprêts du passage.
» Gagnons l'Anglais d'audace et de vélocité ;
» N'ayez souci de rien : car avec moi j'amène
» Un secours bien plus fort que toute force humaine,

» Le plus sûr de promesse et d'efficacité

» Que jamais ait reçu prince, armée ou cité,

» Celui du Roi des cieux. S'il faut que l'Angleterre

» Garde encore votre Duc, à mourir résolu

» Plutôt que de livrer son fief héréditaire,

» C'est assez d'une proie ; et Dieu n'a pas voulu

» Qu'ayant déjà le corps elle ait aussi la terre.

» Faites donc préparer les barques de transport.

» Quelques-uns jugeront ce projet téméraire,

» Alléguant l'ennemi, l'eau basse, un vent contraire

» Ou mainte autre raison sage sous un rapport ;

» Malgré tout, je promets arrivée à bon port.

» Aujourd'hui l'assiégeant est à bout de courage :

» Et savez-vous d'ailleurs ce que vient présager

» Cet éclair qui déchire un ciel épais d'orage ?

» Pour nous c'est un bienfait ; pour l'Anglais un danger :

» Le fleuve va grossir, et le vent va changer. »

Il semble en vérité que, sans ombres ni voiles,
Ce qui n'est pas encore apparaît à ses yeux :
Bientôt après, les cris des mariniers joyeux
Signalent les bateaux voguant à pleines voiles.

5

De l'une à l'autre rive, en amont, en aval,
Ils passent sans encombre ; et seuls ou par flottilles,
Devant les ennemis oisifs dans leurs bastilles.
Débarquée à son tour, Jeanne monte à cheval
Avec Dunois, La Hire, et mainte bonne lance.
Sur la route de Beauce à tout risque on se lance :
On veut gagner la ville avant le lendemain.
S'ils ne sont que deux cents, ils valent une armée :
Ils s'ouvriront passage où la voie est fermée ;
D'ailleurs les assiégés vont leur donner la main.
Déjà toute une foule en armes accourue,
Grossie à chaque instant par de nouveaux renforts,
Sur les partis Anglais comme un torrent se rue,
Et, rompus, balayés, les pousse dans leurs forts.

La nuit gagnait la ville et toute la contrée
Lorsque dans Orléans Jeanne fit son entrée.
Elle s'avance au pas d'un noble cheval blanc
Dont un roi serait fier d'éperonner le flanc,
Le Bâtard à sa gauche, et suivie à distance
De maints vaillants seigneurs, chefs de guerre et barons,
Tous richement montés et de fière prestance,

Sans compter les bourgeois, gens de moindre importance,
Ni force tenanciers venus des environs.
Son pieux étendard et sa brillante armure,
Ce qu'on sait de son âme en beaux fruits déjà mûre,
Ce qu'on voit en son corps de grâces, de beautés,
Tout charme, tout émeut : on frissonne, on murmure ;
L'enthousiasme éclate et court de tous côtés.
Aux vitraux des maisons, sur les degrés des porches,
Avec des pleurs de joie et des cris triomphants,
Se pressent, entrevus à la lueur des torches,
Les femmes, les vieillards, jusqu'aux petits enfants.
C'est à qui touchera l'étendard ou les armes,
Et, sinon le cheval, tout au moins le harnais :
Trop bons chrétiens vraiment, ces bons Orléanais,
Pour croire à quelque don de magie et de charmes ;
Mais comme ils auraient fait en traitant de leur mieux
Un ange même, un ange ambassadeur des cieux.
Jeanne, de cet accueil rougissante et confuse,
A leurs transports naïfs doucement se refuse :
« Prions Dieu, mes amis ; prions avec ferveur, »
Disait-elle ; « en Dieu seul mettez votre espérance.
« Et que pourrais-je, moi, pour votre délivrance,

» Pauvre fille des champs, avec mon ignorance,

» Si Celui qui peut tout n'arme en votre faveur

» Ce bras, ce faible bras, d'un ascendant sauveur ? »

Déjà réconfortés par l'attente de celle

Qui n'est, à dire vrai, qu'une simple pucelle,

Comment ont-ils senti tous leurs maux allégés,

Et sont-ils aujourd'hui comme désassiégés?

Ah ! l'esprit ne sait pas ce que la foi devine :

Ce prodige secret, c'est la vertu divine

Présente dans ce corps qu'elle anime et conduit :

Aussi l'espoir est grand ; l'ivresse est générale.

Recueillie au milieu de la foule et du bruit,

Jeanne pousse en avant, droit à la cathédrale

Pour y prier, malgré sa fatigue et la nuit.

VI.

ORLÉANS.

LES BASTILLES ANGLAISES.

« Ce sont là, Messeigneurs, sornettes et vétilles.

» Ma devise est en tout : ne rien faire à demi.

» Assiégés des Anglais, assiégeons leurs bastilles ;

» Pour éviter l'attaque, attaquons l'ennemi.

» Ainsi le veut d'ailleurs notre brave Pucelle ;

» Et Dieu me garde, moi La Hire, son ancien,

» De jamais prendre et suivre autre avis que le sien,

» Tant il m'est bien prouvé qu'en tous points elle excelle ! »

Voilà, dans un conseil tenu le lendemain,
Ce que disait cet homme aux autres chefs de guerre.
Lui, si rude en propos, si prompt aux coups de main,
Qui jurait, maugréait à chaque instant naguère,
Aujourd'hui plus courtois de langage et de ton,
Ose à peine en riant jurer *par son bâton.*
C'est un des points où Jeanne a gagné la victoire :
Sa ferme volonté, son zèle méritoire
Ont triomphé du mal et des rires moqueurs ;
Elle a purifié les lèvres et les cœurs.

« Puisqu'il est trouvé bon qu'une fille en remontre
» A des gens tels que moi, » s'écrie un vieux baron,
Par un effort visible étouffant un juron,
» Je ne suis pas si vain que d'aller à l'encontre.
» Qu'un clerc parle en savant et fécond raisonneur,
» Moi, je ferai plus tard parler ma bonne épée,
» Fallût-il tout mon sang pour payer l'équipée ;
» Mais, quitte envers son roi, quitte envers son honneur,
» On a la paix de l'âme, au défaut du bonheur.
» En attendant je plie et j'abats ma bannière :
» Il n'est si mince affront qu'elle doive essuyer ;

» Gardez-la moi, Dunois, jusqu'à l'heure dernière

» Je ne suis plus qu'un pauvre et chétif écuyer. »

Jeanne s'était levée, ardente à la réplique.

Dunois craint un orage et cherche à l'apaiser :

On se rapproche enfin, non sans peine ; on s'explique ;

Le pacte d'alliance est scellé d'un baiser.

Mais, jaloux de complaire à ceux dont la prudence

Faite à l'art de la guerre, experte dans ses lois,

Ajourne tout projet, taxé d'outrecuidance,

Jusqu'au jour où l'armée arrivera de Blois,

Le jeune comte ajoute : « On mande par dépêches

» Dignes de confiance, et j'ai tenu pour vrai

» Qu'un chef anglais, Fastolf, le vainqueur de Rouvrai,

» Approche d'Orléans avec des troupes fraîches. » —

La Pucelle, à ces mots, s'écrie : « Eh bien ! Bâtard,

» De par Dieu je te dis, te commande et te somme,

» Sitôt que tu sauras nouvelles de cet homme,

» De m'en donner avis sans le moindre retard.

» Sinon je te promets, foi de pucelle honnête !

» Qu'à l'instant je te fais prendre et trancher la tête. »

Assurée en son droit, forte de son pouvoir,
Jeanne parlait ainsi d'une voix calme et ferme.
Aux révoltes des chefs il fallait mettre un terme ;
Il fallait les ployer, les rompre à leur devoir.
Mais c'était entreprendre un périlleux ouvrage.
Quel homme de l'époque aurait eu ce courage ?
Et voilà qu'une fille ose seule l'avoir !

Ah ! si vous aviez vu tomber comme la foudre,
Au milieu des seigneurs, ce coup d'autorité ;
Quelques-uns applaudir, et la majorité
Prête à faire un éclat, mais n'osant s'y résoudre ;
Enfin tout cet orgueil, dompté par le respect,
De hautain, d'insolent devenu circonspect !
Lui, modèle accompli d'honneur, de courtoisie ;
Cœur noble, haut et plein de générosité,
Dont jamais n'approcha la basse jalousie,
Dunois un seul instant n'avait pas hésité,
Répondant simplement, sans honte ni colère :
« Jeanne, entre deux partis je n'ai point à choisir.
» Vous obéir, c'est peu ; je tiens à vous complaire :
» Donc qu'il soit fait en tout selon votre désir. »

Vous croyez maintenant, après ce beau spectacle,
Donné par un tel homme aux yeux de tels témoins,
Que Jeanne va mener son dessein sans obstacle ?
Eh bien ! non. L'autre avis n'en prévalut pas moins.....
Rien ne sera tenté sans l'armée attendue.

« Las ! j'ai peine et regret, La Hire, quand je vois
» Tant de gens non moins sourds aux conseils de mes *Voix*
» Qu'aveugles pour nier l'occasion perdue.
» J'ai cédé sur ce point par amour de la paix ;
» Dieu le sait. Ils diront, eux, que je les trompais.
» Ah ! c'est une justice et plus sûre et plus haute
» De qui je dois attendre un arrêt redouté.
» Tiède aux avis du Ciel, j'ai peut-être douté,
» Et ma force a fléchi. Voilà, voilà ma faute :
» Elle est devant mes yeux ; je la vois, j'en rougis. »
Ainsi Jeanne parlait, rentrée à son logis.
« Mais le temps presse, allons ! qu'on mande un secrétaire :
» Je dois sommer l'Anglais. Dès Chinon je l'ai fait ;
» Or, puisque mon message est resté sans effet,
» Ecrivez ; il est bon que je le réitère :

« *Jesus, Maria.*

Vous, Henri, roi d'Angleterre,
Et vous, duc de Bedford, qui vous dites régent
Du royaume de France ; ainsi vous arrogeant
Le titre sans le droit, le droit sans le royaume ;
Vous, comte de Suffolk, autrement dit Guillaume
De la Poole, vous-même ici nous assiégeant ;
Vous, Scales et Talbot, ses premiers capitaines,
Sachez tous que voici, présente sous vos yeux,
La lettre où vous aurez des nouvelles certaines
Du Souverain Seigneur de la terre et des cieux,
Et de moi, la Pucelle, envoyée en ces lieux
Pour réclamer les droits du sang royal de France
Par mandement exprès, par juste remontrance.
Faites-moi donc raison : ce que vous avez pris,
Bonnes villes, comtés et provinces entières,
Rendez tout ; au plus tôt repassez nos frontières ;
Vous aurez le salut et la paix à ce prix.
Quant à vous, gens du siége, archers ou gentilshommes,
L'avis est plus pressant, l'ordre non moins exprès :
Entre mauvais voisins, ainsi que nous le sommes,
On peut s'aimer de loin, mais on se hait de près :
Donc, pour partir demain, commencez vos apprêts ;

Sinon, bien fièrement, à votre grand dommage,
J'irai l'épée au poing vous porter mon hommage.
Il faut, Roi d'Angleterre, il faut céder ici
Au Roi du ciel. Et moi qui n'étais rien naguère,
Je vous dis, à cette heure où je suis chef de guerre,
De vous et de vos gens prenez plus de souci.
S'ils partent de bon gré, je les prends à merci ;
Mais, aussi vrai que Dieu m'a promis la victoire,
Je les jetterai hors de tout le territoire
S'ils restent... Ceux-là seuls qui fuiront les derniers
Resteront en effet, mais morts ou prisonniers.
Roi, ne vous flattez point de cette rêverie
Que vous tiendrez jamais la France en seigneurie.
Charles tiendra Paris et le royaume entier
De son Maître et Seigneur Jésus, fils de Marie,
Etant le seul, le vrai, le royal héritier. »

Après avoir fait clore et sceller cette lettre,
Voyant que le héraut, chargé de la remettre,
Hésite, et que se rendre au camp des assiégeants,
Porteur d'un tel écrit, lui paraît téméraire ;
Surtout après le sort qu'a subi son confrère

Retenu prisonnier, contre le droit des gens,

La Pucelle lui dit : « Écoute et va sans crainte,

» Ambleville. En mon Dieu, je t'engage ma foi

» Que tu reviendras sauf, et Guyenne avec toi,

» Sans mauvais traitements, sans nouvelle contrainte.

» Mais surtout, de ma part, mande à Talbot ceci :

» Qu'il s'arme pour combattre, et moi je m'arme aussi ;

» Qu'il choisisse le lieu, le jour. S'il peut me prendre

» Qu'il me fasse brûler, puisque tel est son vœu.

» Que, si je le défais et le force à se rendre,

» Il ne craigne de moi ni le fer ni le feu ;

» Mais qu'il parte à l'instant... Ce sera ma vengeance.

» Lui, ses chefs, ses amis et toute leur engeance,

» Qu'ils s'en aillent chez eux ; qu'ils vident le pays ;

» Qu'ils partent !... tu m'entends, Ambleville ; obéis. »

Cependant, au dehors, des gens de toute sorte

Demandent à grands cris que la Pucelle sorte,

Et menacent déjà, s'ils ne peuvent la voir,

D'un siége le logis et d'un assaut la porte.

Bon peuple d'Orléans trop prompt à t'émouvoir,

Patience ! elle vient te ranger au devoir.

Vous aussi, dont la haine a taxé d'imposture
Cette bouche sans fiel, ce cœur plein de droiture,
Anglais, Dieu va tenir ce que Jeanne a promis.
Dieu l'envoie ; elle arrive : allez à sa rencontre ;
Car son heure est venue : il faut qu'elle se montre
De près à ses amis comme à ses ennemis.

En armes, à cheval, dignement escortée,
La Pucelle a franchi les murs de la cité
Où par des flots de peuple elle semblait portée.
Chacun, par son exemple à la suivre excité,
Se répand dans la plaine en bon ordre et sans crainte.
On lit sur tous les fronts la confiance empreinte ;
On voit briller la joie, éclater la valeur
Dans tous ces yeux naguère éteints par la souffrance :
Pas un cœur où ne luise un rayon d'espérance,
Et qui ne se ranime à sa douce chaleur.

Ainsi Jeanne chevauche à travers la campagne.
Une foule la suit ; un groupe l'accompagne :
Le fidèle La Hire avec Florent d'Illiers,
Le brave capitaine, et quelques chevaliers.

Mais les autres, Dunois, Laval, d'Aulon, Saintrailles,
Absents, ne restent point à l'abri des murailles :
Partis pour Blois la veille, ils vont par leurs efforts
Déterminer la Cour à l'envoi des renforts.
Postes et campements, parcs de l'armée anglaise,
Redoutes, boulevards, et bastilles et forts,
Jeanne examine tout tranquillement, à l'aise :
Ce spectacle nouveau n'a rien qui lui déplaise.

Ah ! pourquoi t'enfermer dans un lâche repos,
Fier ennemi ? Voilà celle que tu diffames.
Tes héros si vantés sont-ils changés en femmes,
Quand des femmes contre eux se changent en héros ?
Où sont-ils ces guerriers qui, deux cents contre mille,
Hier, comme un troupeau, chassaient ceux de la ville ?
Immobiles, muets, étonnés, ils ont peur.
Une vierge que suit une foule charmée,
Car ce n'est qu'une foule et non pas une armée,
Est-ce donc un prodige à frapper de stupeur ?
Et quand, pour vous parler, cette fille intrépide,
Seule, en avant des siens, d'une course rapide,
Pousse vers votre camp, s'approche du rempart

Et vient, au nom du Ciel dont elle est l'interprète,
Vous donner le conseil d'une prompte retraite
Pour éviter un autre, un plus triste départ,
L'Anglais n'aura-t-il plus de voix et de courage
Que pour lancer d'en haut la menace et l'outrage,
Comme le trait honteux d'un honteux assassin
Qui cache en un lieu sûr sa tête et son dessein ?
Non, Dieu merci ! les fils de la vieille Angleterre,
Bientôt vaincus par nous, naguère nos vainqueurs,
Dans leur armée aussi comptent des nobles cœurs,
Des féaux chevaliers... ceux-là savent se taire.
Mais, sinon de leur bras, de leurs langues dispos,
Les autres, dans le nombre un chef, un gentilhomme,
Guillaume Gladesdale, il faut bien qu'on le nomme,
Accablent à l'envi de si grossiers propos
Cette vierge que Dieu a choisie entre toutes,
Pour son immaculée et pieuse candeur,
Qu'elle, inclinant son front où rougit la pudeur,
De honte et de colère en pleure à grosses gouttes.

Sois content, sir Guillaume; oui, sois fier et content !
Assouvie à ton gré, pleinement endurée,
Ton illustre vengeance accomplit sa durée.

Hâte-toi d'en jouir : tu n'as plus qu'un instant
Pour mener jusqu'au bout ton triomphe éclatant.
Pousse encore une fois ton aboyante meute
Jusqu'au tumulte au moins, presque jusqu'à l'émeute.
Déjà la sainte fille, étrangère à ces bruits,
Ne peut s'en affliger, pas même les entendre :
Dans son âme une voix consolatrice et tendre
Parle, et la Grâce abonde avec ses plus doux fruits.
Un moment l'humble vierge a fléchi sous l'outrage :
Mais le lis penche aussi sous le choc de l'orage
Sa tête appesantie ; et quand rit le beau temps,
Il se redresse intact ; il boit dans ses calices,
Convive de la fête, il boit avec délices
Les rayons du soleil et les pleurs du printemps.

Ainsi, faible naguère, à présent elle est forte
Cette femme que Dieu soutient et réconforte.
Voyez-la, tête haute, au grand jour, en plein air,
La visière levée, et l'œil encore humide,
Vous jeter un regard chaste, mais non timide,
Où s'allume un soudain, un prophétique éclair.
Elle parle... et déjà vos cœurs gros de jactance

Se resserrent, glacés par un subit effroi :

Auditoire muet, pâle et morne assistance,

Comme des accusés près d'ouïr leur sentence,

Des condamnés, le glas sinistre du beffroi :

« Anglais, » dit-elle, « Anglais, vous mentez par la gorge !

» J'en appelle à témoin votre patron Saint-George.

» Bientôt, l'épée aux reins, vous partirez d'ici,

» Mais non pas tous... Et toi, leur chef, qui mens aussi,

» Guillaume Gladesdale, apprends ton sort, écoute :

» Ce jour ensanglanté par de nombreux trépas,

» Où les tiens partiront, mais en pleine déroute,

» Ce jour est proche, et toi tu ne le verras pas. »

Ainsi, tantôt dehors, à cheval, sous les armes ;

Plus souvent à l'église, agenouillée, en larmes ;

Edifiante en tout d'exemple et de discours,

La Pucelle attendait l'annonce des secours.

Enfin, ses Voix d'en haut ont parlé ; Dieu l'exauce ;

Ils viennent : ce qu'on voit là-bas, à l'horizon,

Ce sont eux ; ils ont pris la route de la Beauce.

Jeanne est déjà sortie avec la garnison ;

Elle vole en avant. Combien douce est sa joie !
Lorsqu'elle reconnaît, peinte sur le vélin,
Cette image du Christ, sa bannière or et soie
Qu'en tête du convoi porte son chapelain.
Et vraiment c'est l'honneur, le salut du royaume
Que le saint étendard rapporte dans ses plis ;
Puis, d'un pas imposant, défile, au chant d'un psaume,
Une procession de prêtres en surplis ;
Puis, ces chefs que la France aime, craint ou révère,
Le brave et fier Dunois, chevalier sans rival,
Les maréchaux de Raiz et de Sainte-Sévère,
Celui-ci de son nom Boussac, l'autre, Laval ;
Enfin, tout le convoi jusqu'au dernier cheval.
Mais tous ces lourds charrois, toute une multitude
Qui, pieuse de cœur ainsi que d'attitude,
Comme dans une église, écoute un chant latin,
Pour l'Anglais quelle proie ! et quelle certitude
De victoire facile et de riche butin !
Eh bien ! non, l'assiégeant, dans un morne silence,
Couronne ses remparts et regarde ébahi...
Sur sa ligne immobile à peine se balance
La plume d'un cimier ou le fer d'une lance :

On dirait un seul cœur par la crainte envahi,

Un seul corps tout d'un coup par ses forces trahi.

« Vous voyez ces Anglais, » dit Jeanne aux capitaines,

« Chevaliers bannerets et simples chevaliers,

» Dans ce camp, dans ces forts, se comptent par centaines,

» Archers, gens de cheval, bombardiers, par milliers :

» Cette armée aujourd'hui nous étreint, nous enlace ;

» Son nœud, depuis six mois, se resserre toujours ;

» Or, souvenez-vous bien de ceci, dans cinq jours

» Il n'en restera pas un homme à cette place. »

VII.

ORLÉANS.

LA DÉLIVRANCE.

Mai commençait à peine, et jamais ciel d'été
Où trône le soleil avec toute sa gloire,
Dans ces limpides eaux que promène la Loire,
Plus pur et plus ardent, ne brilla reflété :
Revenue au logis après la chevauchée,
Lasse d'avoir, à jeun jusqu'à plus de midi,
Porté le poids du jour, par l'armure alourdi,
Sur un lit de repos, Jeanne s'était couchée.

La fille de son hôte, assise à son chevet,

La voyant s'agiter, rougir, prêter l'oreille,

Dans une somnolence à l'extase pareille,

Ne s'en dérangea guère et crut qu'elle rêvait.

Tout-à-coup, s'élançant hors du lit, la Pucelle

S'écrie : « A moi, d'Aulon ! le sang français ruisselle.

» Mon Conseil m'avertit de courir aux Anglais.

» En mon Dieu ! ne voilà que par trop de délais !

» Vite, armez-moi, partons ! mon cheval ! qu'on le selle !

» — Sire écuyer, pendant que je vous appelais

» J'ai passé ma cuirasse ; avant qu'on me l'attache,

» Je vais quérir mes gens. — Donnez-moi cette hache ;

» Non, plutôt ma bannière... Ah ! j'allais l'oublier

» Ma bonne arme, à la fois épée et bouclier.

» Vous descendrez mon casque et son plus beau panache. »

Et se précipitant, Jeanne, arrivée en bas,

Dans la rue, au milieu du plus joyeux tapage,

Voit du premier coup-d'œil Louis de Contes, son page,

Rire avec les voisins et prendre ses ébats ;

Elle court, fend le groupe, et d'une voie émue :

» Ah ! le méchant garçon ! lui, pour se divertir

» Si dispos, à présent voyez s'il se remue !

» Vite un cheval ! le mien, s'il est prêt à partir !

» Cruel enfant, jouer au lieu de m'avertir

» Que notre meilleur sang coule comme une source ! »

Quelques instants après, sans toucher l'étrier,

Jeanne enfourche d'un bond son vaillant destrier,

Et le lance au galop. Si rapide est sa course

Qu'à voir, au choc des fers martelant les pavés,

Le feu jaillir, le sable épars, des flots de poudre

Rouler en tourbillons et courir soulevés,

On dirait l'ouragan, l'éclair, le vent, la foudre.

Or, qu'est-il advenu ? Le voici : tout d'un coup

Quelques-uns de nos chefs, ressortis de la place

Avec les gens de trait et mainte populace,

Sont allés assaillir la bastille Saint-Loup ;

Mais c'était une rude et sanglante besogne.

Jeanne, arrivant près d'eux, en vit déjà beaucoup

Blessés avec honneur ou fuyards sans vergogne,

Dont la foule encombrait la porte de Bourgogne.

La Pucelle aussitôt met son cheval au pas :

En ce moment passait, porté sur une claie,

Un homme ensanglanté par une large plaie,

Blême et transi du froid de son prochain trépas.

A ce triste spectacle émue et tout en larmes,

La Pucelle fait halte, et dit aux hommes d'armes

Surpris d'une douleur portée à cet excès :

« Je n'ai jamais pu voir couler le sang français,

» Sans recevoir ainsi comme un choc qui m'arrête,

» Et sentir mes cheveux se dresser sur ma tête. »

Ce disant, de la main, de la voix, du talon,

Elle enlève au galop son ardent étalon,

Prend la plaine, et tout droit pousse vers la bastille :

Quelques chefs l'ont suivie, et des premiers, d'Aulon.

Un tel feu de courage en ses regards pétille ;

Sur tous ses traits on lit si clairement écrits

Ces succès dont sa joie est le plus sûr présage,

Qu'à sa vue on fait halte en poussant de grands cris :

Il n'est plus de fuyards ; tous ont tourné visage.

On se rallie ; on court pour être au premier rang ;

On se rue à l'assaut avec tant de furie,

Que c'est comme un massacre, une horrible tuerie,

Où les derniers venus trépignent dans le sang.

A bas de son cheval la Pucelle s'élance :
Debout sur le rempart, sa bannière à la main,
Elle montre à ses gens l'exemple et le chemin,
Sans férir un seul coup de hache, épée ou lance.
Fille héroïque, elle a, non le cœur inhumain,
Non le bras sans pitié d'un combattant vulgaire,
Mais le courage froid du plus vieux chef de guerre.
L'attaque en flots pressés, sur un étroit terrain,
Bondit comme un torrent, se répand, se prodigue ;
Et longtemps la défense est comme un mur d'airain
Dont le plus rude effort ne peut rompre la digue ;
Mais elle cède enfin. N'ont-ils plus qu'à mourir,
Traqués de toutes parts, cernés dans la redoute,
Ces braves que Talbot ne vient point secourir,
Arrêté par Dunois qui lui barre la route ?
Non, tous n'ont pas péri, mais bien peu s'en fallut :
Inspirés, entraînés par cet instinct suprême
Où l'extrême péril trouve un remède extrême,
Plusieurs auprès de Jeanne ont cherché leur salut,
Et Jeanne avec bonté leur fait don de la vie,
Les surveille, non pas qu'ils puissent s'échapper,
Mais de peur que les siens ne viennent les frapper,

Et remonte à cheval, par eux toujours suivie.
Puis, avant de partir, elle jette un coup-d'œil,
Où se peint du succès la joie et non l'orgueil,
Autour d'elle... ces morts, ces blessés qu'on enlève,
Ces pans de murs croulants que l'incendie achève,
Tant de destructions, tant de mères en deuil,
De veuves, d'orphelins par le seul fait du glaive,
Tout l'attriste. Le cœur pris de compassion,
Comme une faible femme elle pleure, s'écrie :
« Ah! mon Dieu, que de gens morts sans confession ! »
Et l'on voit que pour eux à voix basse elle prie.

Le lendemain, cinq mai, jour de l'Ascension,
A bien faire chacun de son mieux rivalise,
Les chefs, dans un conseil; la Pucelle, à l'église.
Il en advint ceci que, dès le jour suivant,
Jeanne, eux-mêmes les fiers, les sages capitaines,
La foule, et tous enfin marchèrent en avant
Par un tacite accord de volontés certaines ;
Et que le plan des chefs, longuement discuté
La veille, en aucun point ne fut exécuté.

Tel était ce projet : par une attaque fausse
Occuper l'ennemi du côté de la Beauce ;
Garder la rive droite ; assaillir tout d'abord,
Avec maints appareils, engins de maintes sortes,
Les bastilles de l'Ouest, de toutes les plus forte ;
Puis, une fois l'Anglais concentré dans le Nord,
Se dérober, franchir la porte de Bourgogne ;
Le fleuve traversé, tomber sur l'autre bord,
Balayant ce qui reste au Sud, vers la Sologne.
Or, dès le lendemain, c'était le vendredi
Six mai, comme un vain rêve avec l'aube s'efface,
Ainsi, tout le concert d'un plan si bien ourdi,
Tout l'effet d'un dessein sage autant que hardi,
Tout manque, échappe et fuit ou change, quoi qu'on fasse.
De grand matin, Dunois, Laval, Florent d'Illiers,
La Hire avec Boussac, Villars avec Graville,
Tous les principaux chefs, les meilleurs chevaliers,
Rejoignent la Pucelle et sortent de la ville.
Que font-ils ? et pourquoi descendre vers le port
Où flottent préparés ces bateaux de transport ?
Ce beau projet, mûri par la prudence humaine,
Ils y tiennent toujours ; leur esprit en est plein ;

Mais lorsqu'il faut agir, singulier phénomène !

Ou plutôt vrai miracle ! ils vont où Dieu les mène.

Jeanne, avant de s'armer, mandant son chapelain

Dans sa chambre, s'est fait dire une messe basse,

S'est confessée, et puis, mise en état de grâce,

Elle a, du premier coup, par un avis d'en haut,

Choisi pour attaquer la vraie et seule route ;

Sans hésitation, sans un instant de doute,

Elle va droit frapper la cuirasse au défaut.

Avec ces chefs si fiers, si jaloux de leur gloire,

Etonnés de la suivre, et partout la suivant,

La Pucelle s'embarque : elle a franchi la Loire

Sans obstacle, et déjà s'est portée en avant.

L'ennemi, dès qu'il voit nager cette flottille,

Déserte et livre au feu sa plus faible bastille,

Pour, ainsi concentré dans ses deux autres forts,

L'un, dit des *Augustins*, et l'autre, des *Tournelles*,

Diviser notre attaque et briser ses efforts.

L'incendie a donné l'éveil aux sentinelles ;

Et ceux de l'autre rive enverront des renforts :

Ou, surprenant la ville ainsi que dans un piége,

Ils vont finir d'un coup la campagne et le siége.

Voilà ce que des chefs, fameux pour la plupart,

Espèrent d'un côté, redoutent d'autre part ;

Voilà ce que prévoit le meilleur capitaine.

Les nôtres ont fait halte, hésitants, incertains ;

Ils n'osent assaillir le fort des *Augustins ;*

Mais Jeanne ose toujours et n'est point incertaine :

Avec ses gens de pied, moins d'une cinquantaine,

Le peu que les bateaux aient encore passé,

Elle va, simplement et sans mine hautaine,

Planter son étendard sur le bord du fossé :

Quand tout-à-coup s'élève un cri : « L'Anglais arrive ;

« Il vient en grande force ; il vient de l'autre rive. »

Et tous vers les bateaux de courir, pris d'effroi.

Jeanne en vain les appelle et brandit sa bannière ;

Tout fuit : elle ne peut que partir la dernière ;

Et l'Anglais de charger pendant ce désarroi :

L'une et l'autre bastille en vomit des nuées

De ces fiers combattants, pour lancer à l'envi

Sur Jeanne, sur ce groupe ardemment poursuivi,

Un orage de cris, d'injures, de huées.

Le moment est critique : il n'était point permis
A celle qui du Ciel reçut les émissaires
D'avoir tort une fois contre ses adversaires,
Non plus que de jamais compter ses ennemis ;
D'ailleurs le moindre échec aurait tout compromis.
Mais la pauvrette alors voit arriver près d'elle
Un guerrier intrépide autant qu'ami fidèle,
La Hire ; il s'est jeté dans un des batelets,
Et, la bride à la main, son cheval à la nage,
Il a pris terre, il vole au-devant du carnage.
Jeanne se dit : voilà l'homme que je voulais,
Et lui crie : « En mon Dieu, courons sus aux Anglais ! »
Elle fait volte-face, elle couche sa lance ;
Et le couple héroïque au grand galop s'élance.
Ils s'en vont donc ainsi, tout des premiers, férir
D'un choc tellement fier la troupe poursuivante,
Que sa superbe ardeur s'éteint en épouvante,
Et qu'en longue trouée on voit ses rangs s'ouvrir.

Mais quel bruit sourd approche ? on dirait la secousse
D'un tremblement de terre au milieu des forêts ;
On dirait le reflux qu'un vent du large pousse :
Ce sont les chefs français venus à la rescousse :

Voici les maréchaux de Boussac et de Raiz,

D'Illiers, Gaucourt, Villars, beaucoup d'autres après ;

Toute une bonne part de la chevalerie,

Comme un ouragan, passe et charge avec furie.

L'Anglais fuit à son tour, mais un tel ennemi,

Ou vainqueur ou battu, ne fait rien à demi :

Ce n'est point la retraite après une escarmouche ;

C'est la fuite honteuse au visage effaré ;

C'est tout un corps d'armée, au combat préparé,

Que disperse, qu'emporte un désespoir farouche,

Qui laisse autour de lui le sol jonché de morts

Pour se précipiter dans l'enceinte des forts.

Là, honteux de leur lâche et courte défaillance,

Ils ont bientôt repris leur ancienne vaillance.

Messeigneurs les Anglais, vous en avez besoin.

Redoublez de courage ; armez-vous de constance,

' our vaincre, aujourd'hui le temps de vaincre est loin ;

u prix d'une vive et fière résistance,

ur tomber noblement, sans crainte et sans jactance.

Écoutez ces appels rapprochés ou lointains :

De l'une à l'autre rive on crie : aux *Augustins !*

Voyez en un instant investie, assiégée

Votre forte bastille aux murs si bien assis :

On dirait une roche à demi submergée

Sous des flots furieux, par d'autres flots grossis.

Boulevards et fossés, escarpements, glacis ;

Les creux et les reliefs, les angles, les façades ;

Partout où le pied pose, où s'accroche la main,

Tout sert aux assaillants d'échelle et de chemin.

Voyez sur le talus, au bas des palissades,

Flotter cet étendard éclatant et doré,

Qu'un bras ferme tient là, fièrement arboré :

Vous la reconnaissez cette noble bannière

Où, dans les cieux ouverts, des anges adoré,

Et prêt à prononcer la sentence dernière,

Notre Seigneur est peint. Que d'efforts superflus,

Quel vain acharnement, quel courage inutile,

Pour abattre ou jeter hors et loin du talus

Cette image, ce signe aux méchants seuls hostile !

Mais l'étendard sacré ne reculera plus.

Déjà même, à travers une grêle de flèches,

Il monte ; il a franchi cette ligne de pieux

Qui s'affaisse, se rompt, s'écarte en larges brèches ;

Fièrement il ondule, il s'étale à vos yeux.

Ni murailles, ni traits, rien ne l'arrête; il monte...

Ah ! fuyez, fuyez tous ! vous le pouvez sans honte

A ce point du combat : plus tôt, c'est lâcheté ;

A présent, c'est un droit chèrement acheté.

Mais, de ceux qui pourront gagner l'autre bastille,

Poursuivis par le fer, arrêtés par le feu,

Dans un instant, hélas ! qu'il en restera peu !

Déjà l'épée attend, et la torche pétille ;

Bientôt des cris de mort percent au loin les airs :

La torche a secoué l'incendie, et l'épée,

A son terrible emploi sans relâche occupée,

Brille sous le soleil de sinistres éclairs.

Et quand viendra le soir, à la place où se dresse

Ce qui fut une fière et haute forteresse,

Dont les créneaux armés dentelaient l'horizon,

Pleine d'une nombreuse et brave garnison,

Rien ne restera plus : ni ces poternes sombres,

Ni ces tours qu'on voyait, quelques heures avant,

Porter si haut leurs fronts, comme si loin leurs ombres ;

Rien ne restera plus ni debout ni vivant :

Un désert, un charnier, un monceau de décombres,

Un filet de fumée emporté par le vent...

7

Et le soir est venu : Les brises réveillées,
Là-bas, sur les coteaux, font frémir les feuillées :
Le rossignol prélude au fond des bois, là-bas :
Une nuit de printemps, embaumée et sereine,
Va descendre à son tour sur la sanglante arène
Où s'éteint le tumulte enflammé des combats.
La bastille n'est plus qu'un sombre monticule :
Mais déjà la pâleur d'un mourant crépuscule
Efface par degrés les horreurs du tableau ;
Et l'haleine du fleuve, humide et parfumée,
Apporte à peine encore une odeur de fumée
Avec le doux murmure et la fraîcheur de l'eau.

Naguère si bruyants d'ivresse et d'insolence,
Le camp, les forts, les parcs de l'Anglais irrité,
Ensevelis déjà dans un morne silence,
Gardent une immobile et vaste obscurité
D'où s'élèvent parfois de menaçants murmures,
Des bruits de pas pesants, des cliquetis d'armures.
Orléans, d'autre part, éclate en cris joyeux ;
D'innombrables clartés son enceinte étincelle :
On nomme, on applaudit, on cherche la Pucelle ;

Mais Jeanne en son logis se cache à tous les yeux.

A cet instant son page annonce un capitaine :

C'est un nouveau venu de prestance hautaine,

Qui se dit envoyé des autres chefs français,

Et près d'elle, en leur nom, demande un prompt accès.

Dans son empressement à remplir son message,

Il somme l'écuyer de lui livrer passage.

Il entre, il parle, il vient prouver dans son discours,

Par plus d'une raison solide et péremptoire,

Qu'on doit se contenter d'une heureuse victoire,

Et d'un premier succès savoir borner le cours ;

Puis il conclut ainsi : « Notre force est minime

» D'ailleurs, et le Conseil est d'avis unanime

» Qu'avant d'agir, il faut attendre des secours. »

« Il est de cet avis, » dit Jeanne, « et moi d'un autre.

» Je viens de mon Conseil, ainsi que vous du vôtre ;

» Mais celui de Messire ira s'accomplissant,

» Parce qu'il est de Dieu. — Vous savez qui je nomme

» Messire, mon Seigneur, c'est Lui, le Tout-Puissant. —

» Le vôtre périra, parce qu'il est de l'homme. »

Puis, le congédiant par un geste de main,

Et vers son aumônier brusquement retournée,

Elle ajoute : « Venez au point du jour demain,

  » Et ne me quittez plus de toute la journée.

  » Car Messire a parlé : je connais son dessein,

  » Et du projet des chefs en tous points il diffère.

  » Or sachez que demain j'aurai beaucoup à faire ;

  » Que mon sang coulera, comme l'eau d'un bassin,

  » D'une blessure ouverte au-dessus de mon sein. »

  Ce qu'elle a dit le soir avec le jour arrive :

La ville est en émoi longtemps avant midi :

On s'arme ; on court au fleuve ; on passe à l'autre rive

Où le bruit d'un combat d'heure en heure a grandi.

Ni les ordres des chefs, ni la porte gardée

N'ont arrêté la foule à grands flots débordée.

La Pucelle a marché ; tout le peuple a suivi.

Et bientôt tous ces chefs, dont l'armée était veuve,

A l'envi l'un de l'autre, ont traversé le fleuve

Pour reprendre leurs rangs et se battre à l'envi.

L'air qui souffle d'en haut aux heures solennelles

Soulève, inspire, emplit ces âmes fraternelles :

C'est l'appel de l'honneur ; c'est l'attrait du danger ;

C'est l'Angleterre à vaincre et la France à venger :

On attaque, on se rue à l'assaut des Tournelles,

Le meilleur, le plus fort rempart de l'étranger.

Les plus rudes joûteurs de la chevalerie

N'ont jamais entendu, jamais vu rien de tel

Que ce fracas, ce feu roulant d'artillerie,

Que l'élan des Français, ou plutôt leur furie,

Comme si chacun d'eux se croyait immortel.

Une grêle de traits, de carreaux d'arbalète,

Un ouragan de fer, un nuage grossi

De pesants blocs de pierre, et de boulets aussi,

Fond du haut du rempart, siffle et pleut sur la tête :

Le sol en est jonché ; l'air en est obscurci ;

Des morts et des blessés tombent ; mais rien n'arrête.

On emporte à l'écart quelques-uns des blessés ;

Le reste, avec les morts et les mourants, le reste

Qu'il faut abandonner à son destin funeste,

S'entasse au pied des murs et comble les fossés.

Avec ou sans échelle on monte ; rien n'arrête.

Aux angles des talus, aux pointes de rocher

On voit des mains atteindre et des doigts s'accrocher :

Ils vont franchir le mur ; ils touchent à la crête...

Mais Gladesdale est là ; Gladesdale est partout :
Dans la mêlée ou seul, au premier rang debout,
Il commande, il combat : sa gigantesque taille,
Sa formidable voix dominent la bataille.
Autour de lui se presse, et couvre le rempart,
La fleur des chevaliers de toute l'Angleterre
Avec des gens de pied, archers pour la plupart,
Vétérans dont le moindre a vu dix ans de guerre.
Aussitôt qu'une main saisit un échelon,
Aussitôt qu'à portée un assaillant approche,
Haches à deux tranchants, pesants maillets de plomb,
Flèches, carreaux, boulets, pierres, quartiers de roche,
De près, de loin, tout frappe. Et comme on voit des blés
Que verse, écrase et roule un tourbillon d'orage,
On voit les assaillants, sous les coups accablés,
Tomber, riche moisson d'honneur et de courage.

Hélas ! que faire ? Il est une heure après midi.
Sous un soleil ardent, toute la matinée,
Nos gens ont soutenu cette lutte obstinée,
Par un effort toujours plus fier et plus hardi.
Mais ce feu d'héroïsme enfin s'est refroidi :

L'élan mollit déjà; l'attaque hésite et plie.

La Pucelle au milieu des morts et des mourants

Va rester seule et vient se jeter dans les rangs :

Elle encourage, exhorte, et commande et supplie ;

Elle vole ; on dirait qu'elle se multiplie :

« Bon espoir ! l'heure est proche où nous serons vainqueurs, »

Disait-elle ; mais rien ne réchauffe les cœurs.

Alors, l'œil enflammé, le front rouge de honte,

Elle prend une échelle et l'applique au rempart.

On l'admire ; on la suit : la première elle monte,

Son étendard en main... tout-à-coup un trait part :

C'est un lourd vireton, un carreau d'arbalète

Qui vole, siffle, passe en effleurant sa tête,

Et pénètre au-dessous du gorgerin faussé...

Pauvre Jeanne ! on la voit rouler dans le fossé.

Du côté des Anglais ce n'est qu'un cri de joie.

Ils quittent leurs créneaux, ils descendent des tours ;

Une poterne s'ouvre, et comme des vautours

Ils vont en un clin-d'œil s'abattre sur leur proie.

Quoi ! Français, la Pucelle en proie à l'étranger !

Ah ! courez la défendre, ou sachez la venger.

Morte ou vivante, il faut l'arracher à leurs serres.
Si jadis parmi vous elle eut des adversaires,
Ils sont tous ses amis à l'heure du danger..
Sus à ces ravisseurs ! que, sans miséricorde,
On frappe, on extermine une insolente horde ;
Et, par-dessus les pieux, par-delà les fossés,
Qu'on rejette en dedans ses restes dispersés !
Vous autres à présent emportez la Pucelle !

Bien pâle encore, à peine elle a repris ses sens
Et tourné vers chacun des yeux reconnaissants,
Qu'elle veut se lever. Hélas ! elle chancelle ;
Le long de sa cuirasse un flot de sang ruisselle.
Il faut la soutenir, l'étendre sur le sol ;
Doucement, pièce à pièce, on détache l'armure :
L'horrible fer sortait tout entier sous le col...
Jusque-là pas un cri, pas même un seul murmure
N'avait de la blessée accusé les douleurs ;
Mais elle a vu ce trait qui transperce l'épaule,
Alors, échevelée et penchant comme un saule,
Elle baisse la tête et répand quelques pleurs.

Qu'elle est touchante ainsi demi-nue et sans armes !

Ce n'est plus la guerrière au gantelet d'acier

Qui manie une hache et maîtrise un coursier :

Ce n'est plus qu'une femme ; on le voit à ses larmes :

Elle en a la faiblesse ; elle en a tous les charmes.

Aussi, comme chacun, le cœur pris de pitié,

S'ingénie, empressé de venir à son aide :

L'un veut charmer le mal ; l'autre indique un remède ;

Un troisième n'a rien qu'un bon mot d'amitié.

Jeanne avait joint ses mains, et, suivant son usage,

Priait... quand tout-à-coup, comme on voit, doux présage,

Luire un premier rayon dans un ciel obscurci,

Un pur et frais sourire éclaira son visage :

On s'étonne ; on écoute ; elle parle : " Merci ! "

Disait-elle, " j'ai vu mes saintes protectrices,

" Je viens d'ouïr leurs voix, leurs voix consolatrices ;

" Et je suis consolée... Oui, soyez en témoins,

" Je suis forte à présent ; je souffre beaucoup moins.

" Tenez, mes bons amis, mes loyaux frères d'armes,

" Voici déjà le trait par moi-même arraché.

" Qu'on chasse maintenant tous ces discours de charmes :

" J'aimerais mieux mourir que commettre un péché.

» Je sais qu'un jour ou l'autre il faudra que je meure ;

» Mais je ne sais comment, où, quel jour, à quelle heure.

» Dieu me conduit au but, et ce but est certain :

» Bien sûre d'y toucher, qu'il soit proche ou lointain,

» Si l'on peut me guérir, je consens qu'on l'essaie :

» Versez donc un peu d'huile et de vin sur la plaie,

» Comme fit autrefois le bon Samaritain.

» Mais qu'est-ce? où vont nos gens? pourquoi font-ils retraite?

» Y pensez-vous? déjà! sans mon ordre... en mon Dieu !

» La journée est à nous : attendez donc un peu !

» Dunois, je vous en prie, allez! que tout s'arrête !

» Ils sont las, je le sais, à jeun pour la plupart,

» Et tout de feu naguère, à présent tout de glace :

» Faites-les reposer, boire et manger sur place ;

» Et qu'ils se tiennent là, dites-leur de ma part,

» Aussi tranquillement qu'à l'abri d'un rempart.

» Moi, je demeure ici quelque temps en prière :

» Lorsque mon vœu sera de tous points exaucé,

» Le Maître à son travail renverra l'ouvrière.

» Regardez bien alors, mais non pas en arrière,

» Non, face à la bastille et l'œil sur le fossé :

» Dès que j'aurai mandat et congé de mon Maître,

» Vous verrez en avant mon étendard paraître :

» Alors qu'on se recueille et qu'on prie à genoux;
» Si l'étendard avance, avancez! s'il vous semble
» Qu'il touche à la muraille, à l'assaut tous ensemble!
» N'ayez crainte ni doute, allez! tout est à vous! »

Une heure après, l'Anglais pâlissait d'épouvante.
Ils disaient, animés par un joyeux débat :
» Quel heureux coup d'adresse! aussi chacun s'en vante :
» La Sorcière maudite, elle est hors de combat;
» Morte ou mourante au loin sur quelque obscur grabat! »
Mais voici qu'à leurs yeux Jeanne apparaît vivante,
En armes, à cheval, brillante de valeur :
Son geste est libre, fier, et sa main, toujours sûre,
Brandit son étendard : un reste de pâleur
Trahit à peine encore une fraîche blessure.
Elle pousse en avant et droit à l'ennemi.
Mais déjà sous le buffle ou l'acier des cuirasses,
Jaloux de ses dangers, bien des cœurs ont frémi,
Et déjà plus d'un brave a volé sur ses traces.
Elle a mis pied à terre... on ne l'aperçoit plus...
Va-t-elle à ces Anglais rester encore en butte
Dans ce fossé, témoin de sa première chute?
Non : la voilà, grand Dieu! qui gravit le talus.

Et l'ennemi? sans doute il injurie, il raille,

Il frappe? nullement : il regarde interdit ;

Il voit Jeanne accomplir tout ce qu'elle avait dit :

Le bord de l'étendard effleure la muraille.

Alors ce n'est qu'un cri ; tout le monde est debout :

La ligne des Français, de l'un à l'autre bout,

S'ébranle; d'un élan se précipite et monte,

Comme le flot grondant d'une mer en fureur.

L'Anglais a pressenti sa défaite et sa honte :

Troublé, les yeux hagards, il blêmit de terreur.

Il voit, du haut des airs, descendre dans la lice

Une miraculeuse et céleste milice :

Là, devant lui, montés sur de blancs palefrois,

Le nimbe autour du front, en main la palme verte,

Les patrons d'Orléans, saint Aignan, saint Euverte.

Tel en a compté deux, tel autre en a vu trois.

Celui-ci se détourne, et regarde la ville

Où, comme aux jours troublés d'une guerre civile,

Chacun s'arme, va, vient, s'appelle, se répond :

Et là, de ce côté, sur l'arche de ce pont

Dont la voûte rompue isole la bastille,

Il aperçoit d'abord comme un feu qui scintille ;

Puis, l'éclair d'une lance, un casque éblouissant,
Une éclatante armure, un glaive dont la lame
Serpente en or vivant, en ondoyante flamme...
Plus de doute ! un ministre armé du Tout-Puissant
Dispute aux assiégés leur dernière espérance :
Et c'est le protecteur, le patron de la France,
L'archange saint Michel, lui-même qui descend,
Dans tout son appareil de lumière et de gloire,
Pour garder cette issue ouverte sur la Loire.

Au-delà, c'est la ville avec ses arsenaux,
Couleuvrines, canons, bombardes, fauconneaux,
Et tout son peuple armé qui sort, court, vient, arrive...
Partout, du pied des murs au faîte des créneaux,
Comme une chaîne immense, et dont les mille anneaux
Se ferment sous la main qui les soude et les rive,
C'est l'attaque, l'assaut, sur l'une et l'autre rive.
La bastille ressemble à ces troncs caverneux,
Vétérans des forêts, aux membres centenaires,
Mutilés par les vents, noircis par les tonnerres,
Qu'un lierre énorme étreint et meurtrit dans ses nœuds.

Pieux, fossés, boulevards, leur pente longue et raide,
Qu'importe? l'assaillant trouve tout à son gré :
Aisément, sans effort, sans échelle et sans aide,
Il monte d'un pied sûr, comme on monte un degré.
Du côté d'Orléans, ce pont où manque une arche
Arrête tout d'abord le peuple dans sa marche ;
Mais devant ce danger pas un cœur n'a faibli.
Sur la voûte effondrée on adapte une poutre :
Un vaillant chevalier s'y hasarde et passe outre ;
D'autres suivent ; bientôt le pont est rétabli.
Alors, à bout d'espoir, dans un transport de rage,
L'Anglais veut se défendre : il s'arme de courage
Contre les visions qui viennent l'obséder.
Mais en vain Gladesdale, autour de sa bannière
Se bat comme un lion forcé dans sa tanière,
Notre brave Pucelle approche ; il faut céder.

Arrivée au rempart de la première enceinte,
Elle aperçoit ce chef... des pleurs mouillent ses yeux,
Et son cœur, qui battait si fier et si joyeux,
S'émeut d'une pitié vraiment chrétienne et sainte :
« Rends-toi, Guillaume ! il faut te rendre au Roi des Cieux, »

Lui dit-elle, « à moi non, qui ne suis qu'une femme.

» Tu m'as traitée hier comme une fille infâme.

» Tu m'aurais fait brûler, et bien peu s'en fallut ;

» Mais j'ai compassion et souci de ton âme.

» Pour le salut des tiens, pour ton propre salut,

» Rends-toi ! »

      Lui se détourne avec un air farouche :

Un blasphème, une injure expirent sur sa bouche.

Un tel chef n'est pas fait pour suivre un tel avis :

« Moi, » dit-il, « et les miens nous rendre à toi ! tu railles.

» Le boulevard est pris, mais restent les murailles.

» Je suis sûr d'y trouver l'honneur, si je survis,

» Et si je meurs, du moins de belles funérailles.

» Viens m'y prendre ! »

      A ces mots, sur l'étroit pont-levis,

Où s'entassent déjà des fuyards en grand nombre,

Il monte ; il veut percer la foule qui l'encombre,

Et sur les premiers rangs il pousse les derniers...

C'est le moment que guette un de nos canonniers :

La bombarde qu'il sert tonne... un boulet énorme

Frappe en plein bois le pont, brise la plate-forme :

Tout craque en même temps ; tout croule et s'engloutit...
L'eau s'était refermée avec de sourds murmures
Sur ces fiers chevaliers, chargés de leurs armures,
Sur leur chef Gladesdale ; et pas un n'en sortit :
Quelques archers au plus s'échappent à la nage ;
Le reste est pris.

           Bientôt une immense clameur
S'élève et porte au loin le signal du carnage.
Elle arrive, affaiblie en sinistre rumeur,
A Suffolk, à Talbot, ces fameux capitaines,
Trop sages pour quitter leurs bastilles lointaines :
Ils laisseront leurs gens périr tous sans secours.
Oui, pendant qu'on égorge ici son avant-garde,
Que fait là-bas l'armée anglaise ? elle regarde,
Les bras croisés... Ces bras en effet sont trop courts :
Entre elle et les vainqueurs la Loire étend son cours.

Ainsi tout était vrai : cette attaque entreprise
Malgré les chefs français, malgré tout leur crédit ;
La Pucelle blessée, et la bastille prise,
Et Gladesdale mort, Jeanne avait tout prédit.

Bien plus ! elle a tout fait : fidèle à son langage,

Contre un danger prévu son cœur s'est affermi :

Son sang, offert en preuve et donné comme un gage,

A, témoin prophétique, accusé l'ennemi.

Victime obéissante, hostie expiatoire,

La Pucelle tomba, mais pour se relever ;

Elle avait chèrement acheté sa victoire ;

Et l'œuvre interrompue elle vint l'achever.

Un seul jour a suffi : ce matin prisonnière,

La cité d'Orléans, jusque sur ses remparts,

Voyait se prolonger l'ombre de la bannière

Où sur les lis souillés rampent les léopards.

Ce soir, libre et joyeuse, elle respire à l'aise.

L'orgueilleuse bannière est à bas, en lambeaux ;

Les meilleurs boulevards de la puissance anglaise

A ses meilleurs guerriers ont servi de tombeaux.

Et le reste, frappé d'une terreur secrète,

Immobile aujourd'hui, demain fera retraite.

Braves Orléanais, laissez vos ennemis

Rôder à pas de loup, par bandes isolées,

Sous vos murs, à travers ces plaines désolées :

Ils vont partir, ainsi que Jeanne l'a promis.

Partout gais carillons, sonnerie à volées

Réveillent vos beffrois si longtemps endormis.

Allez donc, affranchis de périls et d'angoisses.

Chanter le *Te Deum* dans toutes vos paroisses.

« Trève, » a dit la Pucelle, « aux belliqueux propos !

» Vous avez la partie ; à quoi bon la revanche ?

» Il se fait tard : demain c'est le jour du repos,

» Pour l'amour et l'honneur du saint jour du dimanche,

» Ne les attaquez point, je vous dis qu'avant peu

» Nous les retrouverons, mais dans un autre lieu.

» S'ils viennent cette nuit vous assaillir en traîtres,

» Ou s'ils osaient demain rompre la paix de Dieu,

» Défendez-vous alors, et vous serez les maîtres. »

VIII.

JARGEAU ET PATAY

—∞○◇○∞—

Le siége était levé ; mais Suffolk à Jargeau,
Jaloux de regagner sa fortune et sa gloire,
, Menaçait de ce point tout le cours de la Loire,
Sologne, Orléanais et Pays Tourangeau.
La Pucelle, en tous lieux reçue au son des cloches,
Avec des pleurs de joie et des honneurs sans fin,
Avait rejoint le Roi dans sa ville de Loches
Pour presser son voyage à Reims : « Noble Dauphin, »

Lui dit-elle, « Ah! je suis prête à tout pour vous plaire,

» A mourir même, heureuse alors si je vous plus!

» J'attendrai de Dieu seul ma peine ou mon salaire;

» Mais je ne durerai qu'un an ou guère plus :

» Il faut bien m'employer. N'ayez ni peur ni doute :

» Ne tenez plus ni tant ni de si longs conseils;

» Il s'en tint à Chinon beaucoup trop de pareils.

» Allez tout droit à Reims, par la plus courte route,

» Recevoir votre sacre; allez! et laissez-nous,

» S'il le faut, laissez-nous batailler en arrière.

» Gentil Dauphin, par grâce! entendez ma prière;

» Voyez Jeanne à vos pieds embrasser vos genoux.

» Pourtant j'aurais grand deuil et serais bien punie

» De ne pas vous conduire à la cérémonie.

» On m'en presse très fort : hier il m'arriva

» Qu'étant en oraison une voix me dit : va!

» Il faut que le Dauphin te croie; il faut qu'il cède :

» Va le trouver, ma fille, et je serai ton aide.

» Alors je suis venue... Excusez mon émoi :

» Cette voix, dès l'enfance et tant de fois ouïe,

» Si merveilleusement m'a toujours réjouie,

» Qu'en y pensant mes pleurs s'échappent malgré moi.

» A Reims ! à Reims ! La France attend son roi, l'armée

» Son chef ; il est ici : c'est vous, duc d'Alençon,

» Je le dis, et c'est Dieu qui me fait ma leçon,

» C'est vous. Or si je vois la duchesse alarmée

» Pour son cher prisonnier, alors qu'elle est charmée

» De l'avoir libre et quitte enfin de sa rançon,

» Qu'elle en croie une amie et qu'elle se rassure :

» Je lui ramènerai son époux sans blessure,

» Sain et sauf de tous points, tel qu'il est aujourd'hui,

» Mais beaucoup plus content des autres et de lui. »

On la croit ; on la suit. En route elle rallie

Ses bourgeois d'Orléans, ses meilleurs chevaliers,

Dunois, Guy de Laval, Boussac, Florent d'Illiers,

Et Vendôme et Graville, et d'autres qu'on oublie.

Remis de son échec et fier d'anciens succès,

De pied ferme Suffolk attendait les Français.

A leur approche il tente une brusque sortie.

Tout cède au choc ; mais Jeanne accourt comme le vent,

Brandit son étendard et se jette en avant :

L'ennemi refoulé, la place est investie.

A voir Jeanne, à toute heure et partout dans les rangs,

Si bien asseoir les parcs, le camp, l'artillerie,
Choisir le lieu propice à chaque batterie,
Et diriger leur tir mieux que les vétérans,
Plus d'un fier capitaine, arrivé de la veille,
L'accompagne, la suit, la sert, et s'émerveille.
Le duc d'Alençon même et Dunois, ses amis,
Veulent payer d'exemple, à ses ordres soumis.
Dunois s'en trouva bien et le duc mieux encore :
Comme il se hasardait trop loin à découvert,
Facile à reconnaître avec son casque ouvert
Et le cimier ducal qu'un plumet blanc décore ;
Pendant que la Pucelle observait le rempart
Où l'ennemi braquait une énorme bombarde,
Vite elle court, lui dit : « Gentil duc, prenez garde ! »
Et brusquement l'écarte... A l'instant le coup part,
Et le sire du Lude, arrivé par mégarde
A cette place, y meurt frappé de part en part.

Enfin la brèche s'ouvre après trois jours de siége ;
Mais des gens, plus pressés de parler que d'agir,
La jugent trop étroite : on devrait l'élargir
Sous peine d'être pris comme un renard au piége.

La Pucelle intervient, et d'un ton résolu :

« N'ayez doute, - dit-elle, « à l'assaut ! l'heure est prête

» Lorsque mon Maître veut, et mon Maître a voulu.

» En avant, gentil duc ! as-tu peur ? qui t'arrête ?

» Ne te souvient-il plus que je réponds de toi,

» Et qu'une noble dame en a reçu ma foi ?

» A l'assaut ! à l'assaut ! »

Le cri de la Pucelle,

L'éclair de ses regards, c'est comme l'étincelle

Que la brise qui passe éveille au fond des bois.

Le feu couvait là-bas : soudain sa véhémence

Eclate et se propage en incendie immense.

Tel un terrible assaut sur l'Anglais aux abois

Vient fondre, et, repoussé, plus ardent recommence.

Aux uns d'escalader ce rempart démoli ;

Aux autres, moins jaloux d'une allure aussi prompte,

D'assaillir la poterne où l'Anglais a faibli :

Parmi ces points d'attaque on peut choisir sans honte ;

Mais, de l'avis de Jeanne, il en est de meilleurs :

Ceux où la résistance est plus âpre qu'ailleurs :

Elle aperçoit Suffolk, prend une échelle et monte,

Son étendard au poing... quand un terrible choc
Retentit sur son casque et la jette en arrière :
C'est une pierre énorme, un vrai quartier de roc
Qui s'abat sur l'échelle, et tombe comme un bloc
Arraché par la mine aux flancs d'une carrière.
La Pucelle a roulé jusqu'au pied du rempart.
On se dit : elle est morte, ou du moins si meurtrie
Que l'assaut va finir sans qu'elle y prenne part.
Mais elle, au même instant, leste comme au départ,
D'un élan vigoureux se relève et s'écrie :
« Sus, sus à ces Anglais, amis ! ils sont à nous,
» Jugés et condamnés de par Dieu, notre Sire.
» Ils vont se disperser, fuir, tomber sous vos coups,
» Comme le blé dans l'aire, et fondre comme cire. »

Parfois, après le vent, la foudre et les éclairs,
La nuit tombe ; il se fait un lugubre silence ;
Tandis que l'ouragan, suspendu dans les airs,
Semble reprendre haleine, à bout de violence.
Mais cet instant de trêve a doublé sa fureur :
Il passe irrésistible ; il secoue, il ravage
Les chênes du coteau, les roseaux du rivage ;

Et, des fléaux du ciel, terrible avant-coureur,
Il menace, il poursuit le pâle laboureur.

C'est ainsi qu'enflammés d'un plus bouillant courage,
Pareils aux tourbillons précurseurs de l'orage,
La Pucelle et les siens retournent à l'assaut.
Pour arrêter leur fougue il n'est plus à cette heure
D'Anglais assez vaillant ni de mur assez haut.
Jeanne est la voix de Dieu ; Jeanne est son bras : il faut
Que tout cède à la fois, que tout se rende ou meure.

Hélas ! tous seraient morts ; oui, tous jusqu'au dernier,
Sur un pont que le gros de leurs fuyards encombre.
La Pucelle à grand'peine en sauve un petit nombre.
Un frère de Suffolk y reste prisonnier ;
L'autre périt : lui-même a déjà pris la fuite.
Un écuyer d'Auvergne, ardent à la poursuite,
L'aura bientôt rejoint : Il l'atteint en effet ;
Et voici des deux parts, ce qui fut dit et fait :
« Je suis Suffolk, et toi ? — C'est Regnauld qu'on me nomme ?
» Est-tu chevalier ? — Non. — N'es-tu pas gentilhomme ?
» Oui. — Sois donc aujourd'hui chevalier par mon fait. »

Trop heureux l'écuyer ! il gagnait à ce compte
L'accolade, l'épée et la rançon du comte.

Jargeau pris, la Pucelle attaque et prend aussi
Le pont de Meun-sur-Loire et bientôt Beaugency.
Tout ce qu'elle promet se montre véritable,
Et frappe tellement les esprits les plus vains,
Que l'ennemi juré des sorciers et devins,
Le vaillant Richemont, l'orgueilleux connétable,
Avec ses chevaliers bretons et poitevins,
Malgré l'ordre du roi, vient se joindre à l'armée,
Jaloux de moissonner sa part de renommée.
Quel changement ! Naguère on riait dans les cours
De ce bon peuple ému par une aventurière ;
Et voilà qu'aujourd'hui tout cède à la guerrière.
Française enfin partout, libre dans tout son cours,
La Loire a vu l'Anglais regarder en arrière,
Vers Paris d'où Bedford a promis des secours.
Ce n'est plus leur avide et superbe espérance
Qui dévorait déjà le Midi de la France :
Le peu qu'il en survit prend la route du Nord.

Scales, Talbot, leurs chefs, remontent vers la Beauce,
Au-devant de Falstolf annoncé par Bedford.
S'il vient, c'est leur salut ; si la nouvelle est fausse,
Il n'ont plus d'autre choix que la fuite ou la mort.
Mais Falstolf les attend. Sous lui, l'armée anglaise
A la place et le temps de manœuvrer à l'aise.
Entre un champ de bataille ouvert ou rétréci,
Pour la force qu'on montre ou celle qu'on déguise,
Le terrain d'Azincourt ou celui de Crécy,
Le vainqueur de Rouvrai peut choisir à sa guise.
Quelques bouquets de bois, quelques rares clochers,
Surtout les pieux aigus qui se fichent en terre,
Couvriront au besoin les terribles archers,
Ces manants aguerris, l'honneur de l'Angleterre.
Après ces gens de pied, jusqu'alors sans rivaux,
Voici des combattants, tous de plus noble race,
Nombreux, braves, rompus au port de la cuirasse,
Experts à manier leurs vigoureux chevaux.
Ceux-là, sur quelque point que le combat commence,
Ont pour prendre du champ toute une plaine immense,
La campagne sans fin, qui fuit à l'horizon
Verte d'épis naissants, espoir de la saison.

Aux abords de Patay, gros bourg de la contrée,
Couvert par des taillis, Talbot choisit l'endroit
Où le bois moins épais ouvre un passage étroit :
Cinq cents archers d'élite en défendront l'entrée.
L'indomptable Talbot, sûr d'un nouveau succès,
Promet de tenir là contre tous les Français.
Cette voix imposante, et toujours obéie,
Conseille ; mais tout cède alors qu'elle a parlé :
L'armée, après avoir franchi le défilé,
Couvrira son flanc droit d'une forte abbaye,
Son flanc gauche d'un bois ; et, son centre affermi
Par les maisons du bourg éparses dans la plaine,
Elle aura tout le temps d'attendre un ennemi
Las, en désordre, à bout de courage et d'haleine.

Le plan paraissait bon ; tout semblait bien prévu.
Mais les événements, quand c'est Dieu qui les mène
Vont plus vite et plus loin que la pensée humaine
Tant de fois déroutée et prise au dépourvu.

Du côté des Français, lorsqu'on vit le jour poindre,
Ce fut d'abord liesse et grand bruit dans les rangs.

On se disait : enfin nous allons donc le joindre

Ce Falstof, ce héros du combat des *harengs ;*

Mais parmi certains chefs cette ardeur était moindre.

Plus d'un ancien se fâche et rappelle aux nouveaux

Quelques noms trop fameux de batailles rangées,

Prémices de victoire en défaites changées.

Maint autre a peur et dit : « devant de tels rivaux,

» Il fera bon ce soir d'avoir de bons chevaux. —

» Oui, vraiment, mes amis, oui, » reprend la Pucelle,

« Tâchez que tout soit bon, le cheval et la selle,

» Et le cœur et le bras, surtout les éperons. »

On se récrie alors : — « Comment ! pour quel usage ?

» Est-ce pour fuir plus vite ainsi que des poltrons ? —

» C'est l'Anglais qui fuira, » dit Jeanne, et son visage

S'éclaire d'un sourire, infaillible présage.

« L'Anglais fuira, vous dis-je, et nous le poursuivrons.

» Chevauchez hardiment ! quand ces gens d'Angleterre

» S'envoleraient au ciel ou descendraient sous terre,

» Dieu qui veut les punir, nous les livre; en mon Dieu !

» Il nous faut les combattre en tout temps, en tout lieu;

» Ils sont à nous. Ce jour marquera dans l'histoire.

» Tantôt, quand je restai seule en mon oratoire,

» Pendant tous vos débats dont j'attendais la fin,

» Mon Conseil m'a promis une grande victoire,

» Et telle que jamais n'en gagna le Dauphin.

» En marche donc! en marche! Et vous, beau Connétable,

» Vous n'êtes pas venu dans nos rangs de par moi,

» Ni même, à ce qu'on dit, de par l'ordre du roi,

» Mais, que ce bruit de cour soit faux ou véritable,

» Vous n'en êtes pas moins aujourd'hui reconnu

» Pour notre chef à tous, et le très bien venu.

» Faites donc en avant porter votre bannière,

» Afin que dans son rang chacun soit maintenu,

» Vous, le premier, et moi, s'il le faut, la dernière. »

Tout s'ébranle à sa voix : quelques bons chevaliers
En quête des Anglais ont formé l'avant-garde.
La Hire est à leur tête : il s'enquiert, il regarde :
Point d'ennemis... pourtant ils sont là par milliers
Derrière ces taillis et ces épais halliers.
Quand bondit tout-à-coup un cerf de grande taille :
Il va droit aux Anglais dans leur marche surpris,
Et se jette au milieu de leur corps de bataille,
D'où monte un bruit soudain de rires et de cris : —

« Quand la bête est levée il faut suivre la chasse, »
Dit La Hire, « en avant ! quoi qu'il puisse advenir.
» Nous allons voir l'Anglais par le dos ou de face ;
» D'ailleurs l'armée est proche et va nous soutenir. » —
Voilà donc que La Hire et Pothon de Saintrailles,
De Tillay, Beaumanoir, Ambroise de Loré
Et vingt autres d'un nom par la guerre honoré,
Se lancent au galop à travers les broussailles :
Ils tournent le passage ouvert entre deux bois,
Tombant, comme la foudre au plus fort d'un orage,
Sur la masse ennemie en désordre, aux abois ;
Le reste de l'armée achève leur ouvrage.
L'Anglais n'a pas le temps de finir ses apprêts :
Falstolf était trop loin ; Talbot était trop près.
L'un se ravise enfin et vient, face en arrière,
Au secours de Talbot ; mais il était trop tard :
Il voit s'interposer, formidable barrière,
La Pucelle, et, groupés autour de la guerrière,
Le Duc, le Connétable et le fameux Bâtard.
Ses gens n'y tiennent plus : une terreur panique
S'empare des premiers, à tous se communique ;
Chacun fuit ; et lui-même, emporté par le flot,
Recule, tourne bride et s'échappe au galop.

L'autre résiste encore : il est demeuré ferme

A son poste ; aucun choc n'ébranle ses archers

Solides dans leurs rangs comme un mur de rochers.

Belle défense, hélas ! arrivée à son terme !

De toutes parts un cercle ennemi les enferme.

Ils y resteront tous, et leur chef le dernier,

A peu près sain et sauf, mais seul et prisonnier.

Celui qui mérita le surnom d'indomptable

Est trop fier pour vouloir se rendre au Connétable :

Il se fait amener près du duc d'Alençon. —

« Ce soir, » lui dit le prince, « oui, ce soir, à ma table,

» Je veux, sire Talbot, être votre échanson

» Et votre trésorier demain pour la rançon.

» Mais avouez au moins que vous ne comptiez guère

» Sur le maigre souper d'un ennemi vainqueur. » —

L'autre, sans s'émouvoir — « J'accepte de grand cœur,

» Noble duc ; après tout, c'est le sort de la guerre. » —

IX.

REIMS.

---⋖⋗---

Jargeau, Meun, Beaugency, Patay ; des chevaliers,
Suffolk, Scales, Talbot, les meilleurs capitaines,
Comtes, barons et lords, prisonniers par centaines,
Tout le reste en déroute et des morts par milliers :
La Loire délivrée, et, nos troupes maîtresses
Des villes, des châteaux, des ponts, des forteresses
D'où l'Anglais, aujourd'hui rejeté vers le Nord,
Commandait le pays sur l'un et l'autre bord :

9

Enfin, libre et tranquille au cœur de son domaine,
Le Dauphin, bientôt roi de nom comme de fait ;
Voilà, le ciel aidant, l'œuvre d'une semaine.
C'est beaucoup : c'était trop pour une force humaine :
Mais Jeanne a tout promis, tout conseillé, tout fait ;
Et sa parole à peine a devancé l'effet.

Jeanne a promis encore une page à l'histoire :
La marche du Dauphin, le sacre avant un mois.
C'est à Reims, sur un point lointain du territoire
Qu'elle veut recueillir le fruit de sa victoire.
Or la marche a duré vingt jours, et les Rémois,
Débarrassés enfin des traîtres de Bourgogne,
Vont montrer leur pieuse et franche loyauté
Pour le Dauphin de France et pour la royauté.
Mais pendant ces vingt jours quelle rude besogne !
Des ennemis partout, au dedans, au dehors :
Près de Charles, sans cesse assiégeant son oreille,
Maîtres de son esprit et presque de son corps,
Gens qu'un même intérêt, une haine pareille
Rattache au même but par de secrets accords,

Des conseillers ; surtout un favori superbe,
La Trémoille, haï des autres courtisans ;
Mais les dominant tous, comme un chardon dans l'herbe,
Plus hautain, mieux armé d'aiguillons malfaisants.
Oui, ces hommes de qui l'égoïsme ou l'envie
Voudrait faire le vide autour du jeune roi ;
Lui laisser sa maîtresse, un page, un palefroi
Et cinq ou six châteaux pour y cacher sa vie,
Notre Pucelle a dû, sans trève ni repos,
Les vaincre et triompher de leurs lâches propos.

Au dehors, trop souvent la marche de l'armée
Rencontra comme étape une ville fermée.
Il fallut, pour le Roi sous les murs arrêté,
Brusquer tantôt un siége et tantôt un traité.
Puis reprendre les champs, sans vivres, sans bagages,
Sans argent, sans canons ; mais on avait pour soi
Le plus ferme secours et le meilleur des gages,
La Pucelle ; on avait par dessus tout la foi.
C'est ainsi qu'on gagna les villes les plus fortes,
Malgré ceux d'Angleterre avec leurs garnisons,
Malgré ceux de Bourgogne avec leurs trahisons.

Enfin l'on touche au but et Reims ouvre ses portes.

Par un soir de juillet, à travers la cité

Ce bruit court comme un feu par le vent excité :

— « Le roi ! voici le roi là-bas dans la campagne !

» Hâtons-nous ; chacun part, et de tous les quartiers

» Descendent les bourgeois et les corps de métiers ;

» L'archevêque en avant ; son clergé l'accompagne. » —

Alors, jeunes et vieux, les mères, les enfants,

Tout ce qui peut marcher se répand dans la plaine,

Entoure le cortége, et pousse à perdre haleine

Ce joyeux cri des jours bénis et triomphants :

« Noël ! Noël ! »

Le roi fait ainsi son entrée.

D'aussi touchante et belle avec simplicité

Jamais n'en verra plus cette noble cité,

Hôtesse de nos rois ; dans toute la contrée

Telle ivresse d'amour jamais ne s'est montrée.

Charles c'est un sauveur ; non pas ressuscité

Et vainqueur de la mort, comme notre Messie ;

Mais pourtant annoncé par une prophétie

Et d'un honteux néant sorti victorieux :

Cette gente Pucelle, eh bien ! c'est son bon ange :

Vierge, elle a relevé ce beau lis glorieux

Qu'une femme adultère avait mis dans la fange.

Avant Charles lui-même, au milieu des seigneurs,

C'est Jeanne que l'on cherche ; il n'est d'yeux que pour elle :

On trouve chose juste autant que naturelle

Qu'elle ait tous les regards comme tous les honneurs ;

Et lorsqu'auprès du Roi la Pucelle chevauche,

Elle paraît tenir la droite, et lui la gauche.

Le lendemain, après une nuit sans sommeil,

Dans ce joyeux émoi commencée et finie,

Quand le jour se leva, radieux et vermeil,

Déjà tout était prêt pour la cérémonie.

Ici, de verts rameaux et des fleurs à foison,

Le seul luxe du pauvre, ont paré sa maison.

Ailleurs, d'autres logis cachent leurs devantures

Sous l'éclat varié d'opulentes tentures :

Partout, fête en l'honneur du Roi qui va passer.

Il s'avance à cheval, suivi de son escorte,

Jeanne à côté de lui, douce, modeste, accorte,

Si bien que de la voir on ne peut se lasser.

Et vraiment quel spectacle ! Auprès du roi de France,

Dans ce jour solennel de joie et d'espérance,

Qui marche ainsi ? Ce n'est qu'une fille des champs,

Une pauvre fileuse, une simple bergère,

Ignorante de tout, comme à tout étrangère ;

Sans les goûts de son âge, et sans autres penchants

Qu'aimer Dieu, son pays et haïr les méchants.

Oui, mais avec sa foi confiante et sereine,

Avec cette simplesse et droiture de cœur,

Elle est plus qu'une femme ; elle est plus qu'une reine,

Plus qu'un homme de guerre héroïque et vainqueur.

Seule, elle a vu le but, le moyen et l'obstacle :

Cette bouche inspirée a rendu maint oracle,

Sans les voiles obscurs dont, comme aux temps anciens,

Une aveugle sibylle enveloppait les siens :

Ce bras, ce bras de femme a fait plus d'un miracle.

Et de quel autre nom signaler aux Français

Son œuvre de salut, ce plan de délivrance

Exécuté si tôt et par de tels succès,

Contre toute raison, contre toute espérance ?

Quelle grandeur humaine atteint cette grandeur ?

Ce bon peuple le sait : il croit voir, il devine
Sur ce front noble et pur, vrai miroir de candeur,
Un nimbe, auguste sceau d'élection divine
Dont l'ombre de la terre obscurcit la splendeur.

Et vous qui n'osez croire à sa mission sainte,
Des faits de la Pucelle insensibles témoins,
Voici la cathédrale ; entrez dans son enceinte ;
Ce qu'y verront vos yeux vous le croirez du moins.
Du portail au chevet, et de la base au faîte,
La vieille basilique a pris un air de fête.
Jamais les vitraux peints d'éclatantes couleurs
N'ont d'un jour plus splendide égayé les murailles.
Mère des rois de France, elle a, dans ses douleurs,
Gardé comme Rachel le deuil des funérailles,
Jusqu'au jour où la voix ouïe à Vaucouleurs
Prophétisa le fruit nouveau de ses entrailles.
Du haut des grandes tours, des flèches, des beffrois,
Au lieu du tintement d'une cloche isolée,
Le bruyant carillon sonne à pleine volée.
Les anges, les martyrs, les évêques, les rois,

Les saintes, d'un long voile aux plis traînants vêtues,
Tout ce peuple immobile et muet de statues,
Qui de la nef immense habite les parois,
On dirait qu'il s'anime, et qu'un chœur prophétique
Du vieillard Siméon murmure le cantique.

Tout-à-coup, moins fatal qu'aux murs de Jéricho,
Alors que Josué s'avançait avec l'arche,
Mais non moins éclatant, l'air joyeux d'une marche
Eveille sous la voûte un formidable écho.
Le Roi paraît, s'approche, à cheval, tête nue,
Et s'arrête un instant au milieu du parvis.
Vous jugez si chacun fête sa bienvenue !
Même certaines gens qui sont d'un autre avis,
Anglais d'âme et de cœur, semblent les plus ravis.
Mais voici ce qui va troubler leur assurance :
Un des hérauts, monté sur un blanc palefroi,
Commande qu'on se taise et crie : « Au nom du roi !
« Philippe, trois fois pair du royaume de France,
« Au titre de Bourgogne et de Flandre et d'Artois,
« Moi, roi d'armes, celui que Fleur-de-Lis on nomme,
« Si tu n'es déloyal autant que discourtois,
« Par ta foi de vassal, je t'adjure et te somme

» De comparaître ici pour servir de parrain.

» A Charles de Valois, ton seigneur suzerain ! »

— « On l'attendra longtemps le cousin de Bourgogne, »

Dit l'un — l'autre reprend : « et pourquoi donc, voisin?

» Dans sa comté de Flandre il a trop de besogne —

» Vraiment? mais que fait-il notre féal cousin ? —

» Pour la troisième fois le bon duc se marie

» Avec la fille ou sœur du roi de Portugal.

» A Bruges, Gand, Tournai, partout gala, régal.

» De plus, nouveau Jason, il veut, quoiqu'on en rie,

» Donner la toison d'or, emblème conjugal,

» Pour insigne à l'illustre et noble confrérie

» Des chevaliers élus dans cet ordre honoré,

» Qui pour devise aura ces mots : *autre n'aurai.*

» Eh bien ! qu'en dites-vous? — Rien ; mais je me demande

» De quel œil mainte dame ou bourgeoise flamande

» Verra l'imitateur du volage Jason,

» La devise menteuse et l'indiscret blason ? »

Le duc Philippe absent, sa place est occupée.

Voyez, le Roi s'élance à bas de son cheval,

Impatient d'attendre un insolent rival :

Il entre, devant lui d'Albret porte l'épée :
Puis, le duc d'Alençon, le sire de Laval,
Clermont et Beaumanoir, La Tremoille et Vendôme
Mêlés à des prélats comme eux pairs du royaume,
Et tous purs d'alliage anglais ou bourguignon,
Au pied du maître-autel viennent former la haie.
Ils sont bien douze ; aussi le malin compagnon
Qui parlait tout-à-l'heure, estime la monnaie
Plus chère que la pièce, et de plus franc aloi
Pour garnir désormais la royale escarcelle.

L'antique usage assigne à chacun son emploi,
Sa place dans le chœur, son rang ; mais cette loi,
En commandant à tous, se tait pour la Pucelle.
Aurait-on pu prévoir qu'un jour dans le Saint Lieu
Une fille du peuple, une autre qu'une reine,
Assisterait au sacre, et serait la marraine
D'un Roi qu'elle a sauvé par l'ordre exprès de Dieu ?

Jeanne a pris, sans choisir, une place et la garde :
Près de l'autel, debout à quelques pas du Roi,
Sa bannière à la main, sans honte, sans effroi ;

Qu'on la remarque ou non, elle n'y prend pas garde :
Son étendard est là, c'est lui seul qu'on regarde,
Se dit-elle, et ses yeux rayonnent de bonheur.

« Oui, » répondait plus tard la vierge prisonnière.
« Elle était à la peine avec moi ma bannière,
» Et c'était bien raison qu'elle fût à l'honneur. »

Oui, c'était bien raison, héroïne chrétienne,
De rapporter à Dieu sa part avec la tienne
Dans tous ces faits si grands et si tôt accomplis.
C'est Dieu qui te donna ce gage de victoire :
Il te sied de cacher à l'ombre de ses plis
Ta sainte humilité, ta pudeur et ta gloire.
Il est venu ce jour annoncé par tes *Voix*
Comme but de ta vie et prix de ton courage ;
Après l'œuvre de Dieu, c'est aussi ton ouvrage.
Ne crains pas de jouir d'un beau spectacle ; vois :
A genoux, vers l'autel où la Victime auguste
Vient d'offrir (ô miracle ! ô mystère divin !)
Au lieu du pain sa chair, son sang au lieu du vin,
Charles étend le bras et jure d'être juste.

Redoutable serment! grande leçon des rois!
Les lieutenants de Dieu sont placés sur la terre
Pour y porter le poids d'un grave ministère :
Ils n'ont que des devoirs où Dieu seul a des droits. —

« Toi, peuple, sois témoin, » dit le prêtre à la foule,
« Vous, pairs, soyez garants de ce qu'il a juré ;
» Et toi, Charles dauphin, roi Charles, sois sacré! »
L'archevêque, à ces mots, saisit la sainte Ampoule,
Et, durci par le temps, le baume vénéré
Touche le front du Roi, se liquéfie et coule. —
« Peuple, dit le prélat, voici l'oint du Seigneur :
» A lui seul désormais nous devons rendre hommage.
» Gloire à Dieu dans les cieux! et sur la terre honneur
» A ceux qui du Très-Haut sont ici bas l'image! »

Chacun se tenait coi jusque-là; mais alors,
Comme un souffle de vie animant tous ces corps
Immobiles, muets, une clameur immense,
« Noël! Noël! Noël! » par trois fois recommence,
Et, roulant sous la voûte, éclate au loin dehors.

Toi seule, auprès de lui, ton filleul, ton élève,
Tu pleurais, noble Jeanne... mais voilà qu'il se lève,
Se retourne ; le peuple à son gré peut le voir :
Il porte le manteau, la couronne, le glaive
Et la main de justice, insignes du pouvoir.
Son geste, son maintien, son regard, tout révèle
Comme un rayonnement de majesté nouvelle,
La majesté du droit, sujette du devoir.

« Mais que fait notre Sire ? et quelle idée étrange ! »
Murmurait-on, « l'épée et le sceptre à présent
» Seraient-ils pour ses mains un fardeau trop pesant,
» Qu'il s'en dépouille ; alors qu'autour de lui se range
» Des pairs et des prélats le groupe complaisant ?
» Quoi ! leur cercle jaloux se ferme et l'environne :
» Il n'a plus son manteau ni même sa couronne. »

Bon peuple, l'incident te paraît singulier ;
Mais ne crains rien : ton Roi, si timide naguère,
Veut être au premier rang partout, même à la guerre ;
Et le duc d'Alençon vient l'armer chevalier.

L'aiguillon de l'honneur le presse : il faut qu'il aille,
Oui, qu'il aille en personne où l'on allait sans lui :
Il brûle de gagner sur un champ de bataille
Ces brillants éperons qu'on lui chausse aujourd'hui.
Peut-être ce beau feu n'est-il qu'un feu de joie,
L'éclair qui brille et passe, un caprice princier ?
Hélas ! on aime mieux le velours et la soie
Que ce casque pesant et ce harnais d'acier :
On dira que mieux vaut, pour adoucir la voie,
L'amble du palefroi que le trot du coursier.
Mais alors, une femme, un héros, la Pucelle,
Dans ce cœur par le doute et la crainte assailli,
A, comme avec son souffle, éveillé l'étincelle
Qui dormait sous la cendre ; et la flamme a jailli.

Le voilà chef de guerre et couvert de ses armes.
A cette heure où chacun, sans regrets, sans alarmes,
Regarde son roi, l'aime et crie en son honneur,
Jeanne à ses pieds se jette et pleure à chaudes larmes...
Oui vraiment ; mais ce sont des larmes de bonheur ;
« J'embrasse vos genoux, gentil Roi, » lui dit-elle,
« Car ce n'est plus Dauphin que Jeanne vous appelle :

» Vous êtes roi de France, et venu dans ce lieu

» Pour qu'il soit fait selon le bon plaisir de Dieu ;

» Et vous avez reçu l'onction du Saint Baume

» Comme vrai roi, seul maître et seigneur du royaume. »

Tout le monde pleurait... ce n'est pas déshonneur

Que pleurer de la sorte : on y trouve des charmes.

Ainsi donc ce beau jour s'acheva dans les larmes ;

Mais, Dieu merci ! c'étaient des larmes de bonheur.

Havre. — Imprimerie COSTEY Frères, rue de l'Hôpital 4 & 6.

www.ingramcontent.com/pod-product-compliance
Lightning Source LLC
Chambersburg PA
CBHW070818250626
47170CB00006B/2149